酷威文化
KUWEI
图书 影视

> 别认命,
> 命运算不到我能等你。

而我只是一粒
黄沙，
四处飘摇。

# 如果给你一次实现愿望的机会，你想做什么？

# 绕过蛮荒荆棘,
# 也踏遍千山万水

大概

他想我一次,

便在

枝干上

落下一笔。

那不是我的名字,
那是他藏了数十年的心事。

那时的我们年纪轻

距离和痛苦
总要被放大许多倍

# 昼夜更迭 四季轮转

**满腔爱意
始终无法宣之于口。**

羽翼之下
又盛开了别的玫瑰,

去
歌里写的远方。

平静

人心

血性

躁动

爱不仅是常觉亏欠,

爱还是不惧亏欠。

# 想要坚定的*爱*

想要拒绝

一百次

对方仍旧

会表白

一百零一次

的爱

盛夏一无所有的
暖风里,

———

**裹着他
滚烫的理想。**

29

世界是巨大的
海洋

# 许兰杰，你跑快点

慈悲为怀 著

江苏凤凰文艺出版社

图书在版编目（CIP）数据

许兰杰，你跑快点 / 慈悲为怀著. -- 南京：江苏凤凰文艺出版社，2024.9. -- ISBN 978-7-5594-8877-0

Ⅰ.I247.7

中国国家版本馆 CIP 数据核字第 2024F9U564 号

# 许兰杰，你跑快点

慈悲为怀 著

| 责任编辑 | 项雷达 |
| --- | --- |
| 特约编辑 | 周子琦　杨晓丹 |
| 装帧设计 | 三　喜 |
| 责任印制 | 杨　丹 |
| 出版发行 | 江苏凤凰文艺出版社 |
| | 南京市中央路 165 号，邮编：210009 |
| 网　　址 | http://www.jswenyi.com |
| 印　　刷 | 天津旭丰源印刷有限公司 |
| 开　　本 | 880 毫米 × 1230 毫米 1/32 |
| 印　　张 | 8.5 |
| 字　　数 | 147 千字 |
| 版　　次 | 2024 年 9 月第 1 版 |
| 印　　次 | 2024 年 9 月第 1 次印刷 |
| 书　　号 | ISBN 978-7-5594-8877-0 |
| 定　　价 | 45.00 元 |

江苏凤凰文艺版图书凡印刷、装订错误，可向出版社调换，联系电话025-83280257

# 目录

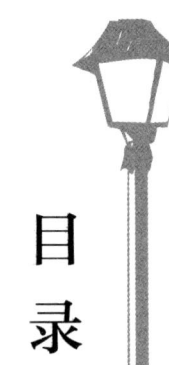

## Part1
## 原来爱意有期限

他把自己困在那个回忆的小房间里，
困在一段和我有关的记忆里。
他找不到我，也不放过自己。

因为爱你，
所以写满了你的名字
| 003 |

周朝生，
你要重新长大
| 008 |

为你千千万万遍
| 012 |

谢谢你来过这世界
| 022 |

只要肯回头，
我会站在你身后
| 026 |

一个人也很好，
真的
| 031 |

捉迷藏
| 038 |

有爱春风得意，
无爱悲喜自渡
| 043 |

他的脸颊通红，
出卖了心动
| 047 |

就当我们有缘无分
| 050 |

新婚快乐
| 056 |

原来爱意有期限
| 060 |

沉默的回音
| 065 |

爱会在记忆里永生
| 072 |

# Part 2
# 假如没有遇见你

那个下午,李金花坐在地上慢慢地剥花生,
她剥一颗就要和许兰杰说一句,
一个人絮絮叨叨地说了很久,
她用了一下午,向自己的前半生告别。

一朵红梅
| 077 |

村镇外的世界
| 095 |

姐,你睡了吗?
| 106 |

太阳掉了
| 113 |

一生悬命
| 127 |

她一定受了很多苦吧
| 132 |

回来吧,李春花
| 141 |

许兰杰,你跑快点
| 151 |

大山里的春天
| 168 |

哑巴父亲
| 176 |

相信
| 182 |

福娃
| 188 |

# Part 3
# 如果遗忘有声音

她说她要忘掉过去。
于是，同一时间里，
我在用力回忆，她在用力忘记。

相遇是一种魔咒
| 195 |

我们会一起长大
| 199 |

羽翼下的玫瑰
| 203 |

无可替代
| 209 |

如果遗忘有声音
| 212 |

无神论者
| 216 |

流浪汉
| 220 |

跟踪
| 224 |

远方
| 230 |

草原的明天
| 237 |

红色布袋
| 246 |

映山红
| 254 |

无眠
| 259 |

## Part 1

他把自己困在那个回忆的小房间里,
困在一段和我有关的记忆里。
他找不到我,也不放过自己。

# ◀ 原来爱意有期限 ▶

## 因为爱你,所以写满了你的名字

大概是他想我一次,便在枝干上落下一笔。

那不是我的名字,那是他藏了数十年的心事。

我有两个影子,一个是自己,一个是夏燃。

夏燃和我一般大,他是在八岁那年来到我家的。

那年夏天很热,知了不眠不休地嘶叫,树上的叶片蜷曲着,似乎也想替自己遮挡些阳光。

父亲和母亲在客厅不停地说话,也许是在讨论夏燃上学的事。

夏燃不太在意,他提着一个破旧的水壶,将它接满水,拿到楼下给银杏树浇水。他来来回回,来来回回地,浇了很多趟。

而我站在屋里的沙发上,舔着雪糕,望着窗外,盯了他好久。

父亲拍拍我的肩膀,示意他们要出去一趟,让我在家里看着夏燃。

我点点头，穿上凉鞋，出门把夏燃拽了回来。

他热得满头是汗，脸也通红，我把他拉到风扇前吹风，自己则跑去看动画片。

等我看完动画片，电视上开始放广告的时候，我扭头看了夏燃一眼，他依旧一动不动地站在风扇前吹着。

那是我第一次见到这么腼腆、这么轴的人。

不过后来想想夏燃这样也很正常，毕竟初来乍到、寄人篱下的他不敢轻举妄动。

那一整个下午，我们都没有说过一句话。

他来到这里谁也不认识，他只认识我，于是便顺理成章地成了我的影子，然后安静地、小心地、寸步不离地跟着我。

我家楼下的银杏树枝蜿蜒，枝丫向上生长，一直长到二楼夏燃房间的窗边。

夏燃喜欢站在窗边看书，他一伸手就能摸到树干。看书看累了，他就会看着那棵树发呆。

夏天，炎热的夏天，黏腻的夏天，我和夏燃最喜欢的夏天。

"夏燃，唱歌给我听。"无数个困倦的夏日午后我都这么向他示意。

夏燃从不会拒绝我的要求。

> *春风吹呀吹*
>
> *吹入我心扉*
>
> *想念你的心*
>
> *怦怦跳不能入睡*
>
> *…………*

夏燃告诉我,他唱的这首歌叫《花好月圆夜》,是用来祝福我的。

那时候我们就在二楼他的房间里,我们并排坐在书桌前,他书桌上的《陪安东尼度过漫长岁月》被翻开。

安东尼说——

> 春夏秋冬,都会发生许多奇怪的事,唯独夏天发生的事,记得最清晰,念念不忘。

我想也许是天气炎热,也许是夏天漫长,也许是夏天总有无穷无尽、旺盛的生命力,也或许是因为那是只有我们两个知道的夏天。

夏燃的嘴巴张张合合,通常都是他不张嘴,我才惊觉他已经唱完了。

"夏燃，你以后去当歌手吧，你唱歌肯定好听。"

夏燃只是看着我，然后摇摇头不说话。

"夏燃，你不能被困在这里，你得往外走。"我这样劝他。

他很听我的话，也用心学习，后来考上了医科大学。

他说，以后会治好我的耳朵。

从出生到十八岁，我一直都听不见。

直到夏燃去上大学。

整整十八年，我没有听过这个世界的任何声音，包括夏燃的声音。

我曾不止一次地想象过夏燃的歌声，可我不明白声音到底是一个怎样的词语，所以我压根想象不出来。

我以前总觉得世界就这样了，但我低估了世界发展的速度。

在我十九岁那年，我的耳朵被治好了，我没有告诉夏燃，我想给他一个惊喜。

也是那年，夏燃在放寒假回家的途中，救人落水。

再后来，他躺在一个小盒子里，小得一只手都能拎得动。

以前夏燃和我说，他是一个没有大梦想的人，他唯一的小梦想就是安安稳稳地陪在我身边。现在，我把他的照片装在钱包里，走到哪里都带着。

夏燃，你看你的愿望实现了。

我手机里存了一段录音，是夏燃生前录给我的。

为何你啊你

不懂落花的有意

只能望着窗外的明月

…………

好多好多年过去，那是我第一次听见他的声音。

嗓音缱绻，如同干枯的木屑。

夏燃就这样在我的记忆里鲜活地活着。

每年夏天，我们都会在记忆里重逢，他会给我唱他爱的歌，我的心脏也为他跳动，那是属于我们的夏天。

某年大雪，我坐在他的房间里，伸手触碰着银杏树。

树干坑坑洼洼，我才发现那上面写满了我的名字，一笔一画，工工整整。

写满了，便叠在上面继续写。

大概是他想我一次，便在枝干上落下一笔。

那不是我的名字，那是他藏了数十年的心事。

夏燃，今年又下雪了，但我依旧在等待夏天。

## 周朝生,你要重新长大

小时候,他放学总不回家。

长大了,又一直在买房子。

他一直都想逃离不幸的家庭,可他跑得还是慢了。

今年是我跟在周朝生后面的第九年。

多年来,我发现他有一个怪癖——放学不爱回家。

我们学校后山有一座凉亭,亭子建得有些年头了,原本朱红的油漆已经脱落了不少,连柱子都干裂开来,亭子周围长满了杂草,有些草甚至已经长得和人一样高了。

每天放学后,周朝生喜欢独自一人来到这座凉亭,他趴在椅子上认认真真地把作业写完,然后一个人坐在那里看日落。

晚上有风从亭子里刮过,会带来丝丝凉意,但如果刮的是大风,便会发出类似厉鬼呼啸一般的声音。

好多次，我因为要追上周朝生，一路跟着他跑到山上，听到那些吓人的声音，我都会号啕大哭。

周朝生注意到我，便收拾书包，带我一起回家。

我们两家住得不算近，一个在街东头，一个在街西头。我胆小，怕黑，他通常会先把我送回家，再自己回家。

小孩子总是口无遮拦，那时我总是拦住他，对他说："长大了跟我结婚。"

周朝生脸憋得通红，赶紧捂住我的嘴巴，叫我不要乱说话。

村镇上的学校并不多，高中时我们仍念同一所学校。

高三那年，我又拦住他："高考志愿填的什么？"

他把志愿甩给我看，我原封不动地抄了上去，就这样，我们又一起上了同一所大学。

大四那年，周朝生说他已经买好了房子，等大学毕业就和我结婚。

我不知道他发什么疯，但只要他娶，我就会嫁。

毕业那天，我兴冲冲地穿好婚纱，等他来找我。

我坐在婚纱店里一遍又一遍地看着自己穿婚纱的模样，想象着我们结婚的场景和未来的日子，可我从黎明等到黄昏，等来的却是医院的死亡通知书。

周朝生是被活活打死的，打他的人就在他身边。

他应该是反抗了，可他没办法不顾念情面，只能想办法躲开逃走，而对方却下了狠手。

一想到他生命的最后一刻是在祈求对方别再打了，我便泪流满面。

我早该发现的，周朝生是单亲家庭，一直都不爱笑。

人生短短二十多年，他的苦总是多过快乐，我想他唯一的快乐大概就只剩下我了，连我也要耗尽心思才能让他笑一笑。

可他的笑总是转瞬即逝，大概一秒钟的快乐过后，又会让他想到自己暗无天日的生活，反倒让他更加难过。

小时候，他放学总不回家。

长大了，又一直在买房子。

其实他一直都想逃离不幸的家庭，但他跑得太慢了。

整理遗物的时候，我找到了他的日记本，扉页上写着几个大字——

长大要娶梁清清。

落款日期是 2014 年,那年周朝生九岁。

恍惚间,我仿佛又看见他低头含羞的模样。

周朝生,你差点就要幸福了。

下辈子你要朝着生路跑。

跑得快一点,再快一点。

## 为你千千万万遍

> 他这一生注定只能为了一个人奔波,
> 而那个人不是他自己。

周余不喜欢夏天,因为夏天总是下暴雨,雨点噼里啪啦地落下,砸到人的脸上,有时竟能硬生生地砸出一片红印。于他而言,夏天从来只是倒霉的代名词。

但就是在那样倒霉的夏天,在那样下着大暴雨的夏天,周余捡到了宋笙。

2005年以前,周余的记忆里没有太多关于爱的画面,因为他的家里总是充斥着无穷无尽的争吵和谩骂。

周海成和李曼总是因为各种小事吵架,而吵到最后他们总是指着周余的鼻子骂,骂他是畜生,骂他是扫把星。

他们争吵着要离婚，但没有一个人说要带周余走。

最终周余拿着一把雨伞离开了家。

山城很大，那时的周余只有十二岁，倾盆而下的暴雨恨不得将周余砸进地底，他拿着伞在外面转了许久，最终一个人来到了江边。

暴雨冲刷地面，腾起的云烟快要把他整个人都包裹住。周余想，如果这是世界末日就好了。

他一个人在江边坐了很久，直到有人拽住他的衣角说："你别死。"

周余转过身，映在他瞳孔里的是六岁的宋笙。

她穿着一件不合身的外套，袖子因为太长而拖到地面上，头发被雨水淋湿，乱七八糟地糊在脸上，她甚至光着脚，脚趾被划破了也全然不知。

她的眸子倒是极为明亮，即使周围雨汽蒸腾，也干净得一尘不染。

她在认真地要他活下来。

那天的宋笙，周余能记一辈子。

他问她从哪里来，家在哪里，她说她没有家了。

她不哭也不闹，更非父母眼中听不懂人话的幼稚小孩，怎么会没有家呢?

过了一会儿,她拉着周余的衣角,问:"我能跟你回家吗?"

周余也不知道当时的自己哪里来的勇气,说出了那句"能",他甚至都不能保证会有地方收留他们,可他还是带着宋笙一起离开了。

山城的道路总是七扭八拐,走了一段时间,宋笙累了,周余就背她。

十二岁的周余瘦骨嶙峋,骨头硌得宋笙生疼,雨水顺着他的脖颈滑落,在脚下翻涌,周余的血液忽然沸腾起来。

他决定要在山城这片土地上扎根,肆意生长,拼死也要开出一朵花来。

好在上天没有把他赶上绝路,他们在巷子里找到了一栋年久失修的破楼房。

虽然铁门看起来摇摇欲坠,整栋楼也不过四五户人家,还都是些没来得及搬走的老人,但这里已经算是一个能庇护二人的地方了。

周余挑了一间没人要的地下室,带着宋笙住了进去。

墙壁上都是霉点,房间里弥漫着巨大的霉味,呛得宋笙捂住嘴巴,周余找了块干净的地方让宋笙坐下,然后学着大人的样子，开始收拾房间，洗衣做饭。

没人知道那些年，他们俩是如何熬过来的，但周余的确带着宋笙一起生活了十二年。

十八岁，宋笙考上了医科大学。

她穿着粉色吊带裙把录取通知书递给周余的时候，周余只慌乱地瞟了一眼便赶快别过脸去。

就是那一天，周余忽然意识到宋笙已经长大了。

那年，宋笙许了一个生日愿望，她要带着周余离开山城。

宋笙的大学在首都，要坐一天的高铁才能到。

每次宋笙上学，周余都会送她去。

他们一个坐着一个站着，周余站在宋笙身边看向窗外的时候，宋笙也不明白他脑子里在想些什么。

不过按照周余能站十二个小时的定力，他当兵大概也是不错的选择，只是从他决定带宋笙回家开始，他的选择就已经确定了。

他这一生注定只能为了一个人奔波，而那个人不是他自己。

从 2017 年开始，周余比以前更拼命地赚钱，那时外卖刚兴起没几年，周余买了辆电动车，开始没日没夜地跑外卖。

春秋还好，夏天太热，一天跑下来浑身都湿透，若是碰到暴雨天，他常常会摔得鼻青脸肿。

相比之下，冬天是最难熬的，凌晨他便要起床，一直到晚上十二点才能稍微轻松一些，手指常常冻得发红肿胀，十块钱五双的手套够他戴一整个冬天的。

那时山城的巷子里，好多人都能看见一个高高瘦瘦的少年在人群中不停地穿梭，每次吃饭只点最便宜的小面，还要拼命加辣。

也是那一年，周余存了八万块，足够负担宋笙大学四年的生活。

2018年寒假，周余去北京接宋笙回家，他穿着早已过时的外套，远远地站在学校对面。

宋笙出落得更加漂亮了，她穿着粉色大衣，围着白色的毛绒围巾，和她一同出来的还有一个高高帅帅的男生。

男生要帮她提东西，宋笙指了指对面的周余。

晚上，他们坐车回山城，一路上宋笙都在问周余这一年过得怎么样，但周余只是简单地回应两句。宋笙看得出来周余不开心。

她挽住周余的胳膊，说："周余，你笑一笑吧。"

周余想笑给她看,但他笑不出来,最终他只看了她一眼便别过脸去。

宋笙说:"周余,我想谈恋爱。"

周余像是被针猛地刺了一下,他把胳膊从宋笙怀里抽了出来,不过片刻,他说:"钱不够跟我说。"

一整个寒假,周余都在忙着送外卖,直到过年,周余才得空在家歇了一天。

除夕夜,周余陪宋笙买了烟花,楼下满地积雪,宋笙在雪地里放烟花,而周余站在一旁,抽了一整包烟。

吃饭的时候,宋笙说她是想谈恋爱了,但是北京没有她喜欢的人。

她说北京遍地珍馐,她不会在那里扎根,她要回来,回到这个总爱下暴雨的山城,她的爱人也一定会在这里。

那天,周余抽烟的手都在抖,打火机的火怎么都打不着。

他像是放弃抵抗般,说道:"恋爱顺利。"

那一晚,宋笙赌气,大年初二就回了北京。

学校没开门,她只能暂住酒店,是周余赶来替她付了两个星期的酒店费,又转身离开。

两个星期，三千块钱，周余付钱的时候眼都不眨。

冷战了很久，最终是宋笙先给周余打了电话。

"开春了，这边暖和了，你那里呢？"

"这边也是。"

"家里的猫还好吗？"

"好。"

"猫想我吗？"

"想。"

"那你呢？"

"我……来单子了，先挂了。"

那天，周余破天荒地买了一瓶酒，请了半天假。

他看着桌子上堆叠成山的药盒，看着镜子里瘦骨嶙峋的自己，他把药扔了满地，把头蒙在被子里，哭了一下午。

他身体不好，小的时候就总发烧生病，捡到宋笙后身体却莫名其妙地好了起来，就算最难熬的那几年也没生过什么大病，他一直以为上天终于决定帮帮他了。

但偏偏在一切都好起来的时候，偏偏在宋笙快要毕业，偏偏在他攒够了钱快要换一个大房子的时候，他生病了。

一开始他只是吃不下饭，后来是一吃就吐。

他忍了很久才敢去医院，去医院前甚至去寺庙里虔诚地拜了佛，可惜他从不是神明偏爱的那一个。

经诊断，周余得的是胃癌。

结果出来那天，山城又下了场暴雨，一米八三的周余蹲在医院外面的角落里，远看就像一只小猫。

不过这些事宋笙都不知道，因为周余藏得很好。

那时，宋笙回来都要给周余带好多补品，她总觉得周余是太累了才会变得那么消瘦。

宋笙单纯地想着，只要周余多吃点，再吃好点，总会胖起来的。

2021年，宋笙大学毕业，回山城当了一名医生。

那时，她才发现周余不对劲——他瘦得吓人，脸色也白得吓人。

她在衣柜里找到了成箱成箱的药，但她没有戳穿周余，只是吃饭的时候漫不经心地告诉周余："我要和你结婚。"

那天，周余嘴里的饭无论如何都咽不下去，他跑去卫生间猛地吐了一口血。

接着，他拽起还在吃饭的宋笙，一把将她关进房间。

宋笙使劲拍门，把手都拍得通红，但周余仍一声不吭，绝不开门。

周余带着一箱药，连夜逃离了山城。

之后的一年，宋笙再也没有联系上周余。

她知道他在躲着她，她从小就聪明，谁想丢掉她，她一眼就看得出来。

可任凭她怎么找，周余都不曾出现。

2023年，宋笙说自己要结婚了。

她在各个社交平台上都放出了消息，科技那么发达，她想她总能找到他的。

宋笙结婚那天，山城又下了场暴雨。

宋笙穿着洁白的婚纱，站在教堂，等待着爱人的降临。

那一天，狂风暴雨里，周余揣着数百封情书赶回山城。

可他快死了，他惊觉不该这样。

最终他来到二人第一次相遇的江边，一个人坐在桥下，烧了情书，关上手机，回到了医院。

他对她的爱并不逊色于任何人，他在荆棘丛里用血浇灌出一朵娇嫩的花，可惜那数百封情书除了江水和火焰，再也没被读过。

过了很久，久到宋笙快要坚持不住离开山城的时候，有人给了她回信。

2030年,山城飞往北京的飞机上,宋笙坐在靠窗的位置。

窗外的云漫无目的地飘来飘去,她有些困,迷糊间,她听见有人喊:"宋笙,我能跟你回家吗?"

她抬头,看见的是这辈子都不会忘记的那双眼。

她想,山城确实喜欢下暴雨。

不过现在,太阳升起来了。

## 谢谢你来过这世界

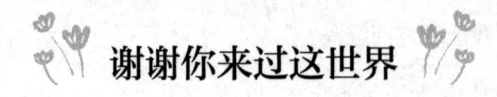

人群来来往往，没有人会注意我的生活。

世界是巨大的海洋，而我只是一粒黄沙，四处飘摇。

第一次见到春雨时，山城正在下暴雨。

刚被辞退的我撑着伞，漫无目的地走在城市里，不知道要去哪里。

坐在咖啡店里喝咖啡的时候，我看见了马路中央的春雨正在躲避来往的车辆。

春雨眼神茫然，像我一样，大概是因为看不懂红绿灯，所以总是横冲直撞，花光了一辈子的好运气才活下来。

春雨累得蹲在马路边，不知道接下来该去哪儿。我想既然同病相怜，不妨相依为命。

我撑伞走到春雨身边问："你也没人要吗？"

春雨不说话，我便把春雨带回了家。

我的家很小，在这个城市里的某一角，人群来来往往，没有人会注意我的生活。世界是巨大的海洋，而我只是一粒黄沙，四处飘摇。

我很渺小，春雨也一样。

我说："春雨，以后我们要不离不弃。"

春雨不说话，我想这就算是答应了。

我和春雨真的就这样相依为命了。我每天出门上班，春雨就在家里乖乖地等我，有钱我们就吃好的，没钱就随便应付两口，春雨从来没有嫌弃过我。

歹徒冲进我的房间时，我还在熟睡。

等我反应过来的时候，春雨已经冲了上去。

匕首就那样插进了春雨的心脏。

春雨那么小，那么小，刀子那么大，那么大。

春雨一定疼死了，可春雨看着我只是轻轻吭了一声。

警察很快赶了过来，春雨也被歹徒扔在了地上。

歹徒被抓住了，可我的春雨已经彻底不动了。

家里还有很多剩饭，我给春雨新买的罐头还在路上，我和医生约好了这周末的时候会带春雨去打疫苗。不出意外的话，未来的十几年，春雨应该一直陪在我的身边才对。

可现在，春雨慢慢地闭上了双眼，似乎有话对我说。

可惜春雨不会说话，春雨只是那场大雨里没人要的小狗。

人来人往，车水马龙，大家都撑着伞埋头前行，没有人注意到雨里的那只小狗快要撑不下去了。

它费了好大的力气才活下来，它费了好大的力气才被我带回家里，但它最终还是丧了命。

春雨不懂什么是爱，春雨只会替我挡刀子。

春雨被人丢过一次，所以拼了命地对我好。

我说过我们要不离不弃的，春雨听懂了。

后来我总梦见春雨，梦见它对我说谢谢，说谢谢我给了它好多好多爱。

梦里的我总是掉眼泪，春雨总是蹭蹭我的脸，叫我别哭。

春雨说："妈，别哭了，我早就不疼了。"

春雨说："妈，我过得很好，下暴雨的时候你还会害怕吗？妈，别怕，我会保护你的。"

春雨不知道，从捡到它的那一刻起，我就不是没人要的小孩了。

春雨不知道,从来都不是我救赎了它,是春雨一直在救赎我。

地球依旧不停地转动,太阳依旧照常升起。

可我的世界依旧大雨滂沱,我好想我的小狗。

## 只要肯回头，我会站在你身后

别认命，命运算不到我能等你十二年。

2009年的冬天，我和宋青天分手了，那天他提着蛋糕，本来是想要给我过生日的。

宋青天提早就和我的朋友打好了招呼，说要给我一个惊喜。他在精心策划给我的惊喜，计划我们的将来，但那时的我，却在计划我们的分开。

那天晚上，他站在我家楼下，我们隔着五层楼的距离相望。

那天A市下了冬天的第一场大雪，纷纷扬扬的大雪从天而降，落得他满身都是，三个小时，他满头大雪，只是倔强地提着蛋糕一直给我打电话。

电话里的宋青天哭得抽噎不止："南于，在你眼里我算什么呢？"

他在我眼里算什么呢？

他比我小三岁，初二那年为了与我同班，连跳了三级。

他后来说只要我不抛弃他，他就不会变心。

这么多年，从高中到大学毕业，宋青天一直尽职尽责地当好我的男朋友，半点委屈都不曾让我忍受。

他常把我揽进他的大衣里，一遍又一遍地告诉我："南于，我可以是你的依靠。"

托他的福，这么多年来我一顿饭都不曾做过。

他对我确实好，他也确实没变心，变心的是我。

那时我正遭遇家庭变故，每月三千块的工资，活下去都很艰难。

父亲离开后给我留下了一屁股债，如山般的债务同时压下来，我还能活着真的算乐观了。

我可以将就活着，但宋青天不能被我拖累。

宋青天从小成绩优异，高中保送，大学保研，我站在阴暗的角落里，能看见他无限光明的未来。

他本应该有一个闪闪发光的人生，不该被我牵绊。

"我认命了，以后我们就当陌生人吧。"

我挂了电话，拉上窗帘，他像被人丢弃的小狗，委屈地哭着。

我不知道他后来又在寒风大雪中哭了多久，第二天，楼下只有他原本要送我的蛋糕，蛋糕已经被大雪掩盖了一半。

我分辨不出宋青天的脚步。从那以后，他也没有再来找过我。

后来，我的日子过得很辛苦，为了还父亲扔下的债务，一个人同时打了很多份工。

每当饿得要死的时候也只能吃些面条、馒头充饥，同事总说我节俭得太过离谱，但只有我自己知道，那些债务变得越来越少了。

公司楼下新开了一家面馆，面只要十块钱一碗，每还够一万块钱，我便去这家店吃一碗面。每次去吃面的时间都很晚，由于我和店员相处得很好，他们总会把卖不出去的鸡排和烤肠送给我。因为这家面馆，我时常觉得人间不至于太差。

还债的那些年里，我瘦得不像话，S 码的衣服穿在我身上都会大上一圈。我想幸好宋青天不在我的身边，要不他一定会心疼得直掉眼泪。

我三十五岁生日那天,去那家面馆吃了第四十碗面。

那天,我终于还清了所有债务,我站在银行旁边,掏出了所有的积蓄,还剩五块八。

我攥着那一堆零碎的钱,眼泪扑扑地往下掉。我想,以后赚的钱终于能属于我自己了。

"结婚还差三块二,我出。"

熟悉的声音响起,一瞬间,恍如隔世。

我转过身去,三十二岁的宋青天西装革履,眼眶通红。

他一出现,我好久不跳的心脏终于又落起大雪。

宋青天把我揽进他的大衣里,心疼得直掉泪:"怎么瘦成这样了?"

因为哭泣,他连话都说不清楚。

"我明明告诉过他们,往你的面里多加点肉的。"

那时我才知道这家面馆是宋青天开的,是他为了我特意开的。

他知道我嘴硬心软,也知道我的自尊心很强,他无法改变我的想法,只能让我吃顿好饭。

"为什么还是这么瘦?"去民政局的路上,宋青天的眼睛哭得通红。

一和我对视,他就要心疼地掉眼泪,拍结婚照的时候,他的眼睛也都是肿的。

那年年底,大雪纷飞。

窗外下着雪,窗内是忙着到处贴"囍"字的宋青天。

宋青天说:"南于,别认命,命运算不到我能等你十二年。"

于是在那个雪花纷飞的冬天,他把我养得白白胖胖的。

然后,我们结了婚。

## 一个人也很好,真的

大雨倾盆,一直一直下着,似乎从未停过。

雨水混着驰命的泪水,把土地砸出一个窟窿。

那个瘸着一条腿,嘴里叼着烟,正在费力搬水泥的男生叫驰命。

春熙巷的水泥厂是 2009 年建起来的,驰命也是这一年来到水泥厂上班的。他在这里生活很多年了,附近的人都知道驰命是个打架不要命的野狗。

水泥厂旁边有家小卖部也是驰命开的,店铺面积很小,但什么都卖。从日用品到五金用品,从水果到电线,店铺被这些东西堆得满满当当的,客人要是买个打火机,都得进去找上半个钟头。

驰命是个做事井井有条的人,会把一切都记录得很清楚。

他喜欢穿黑色的衣服，戴一顶黑色鸭舌帽，夏天就穿一件黑色无袖背心，其他季节就穿一件黑色冲锋衣。靠近他的时候，就能闻见一身的烟草味。驰命看起来并不像是很有条理的人，但他有一个日记本，大事小事都写在上面，记录得清清楚楚。

春熙巷很长，巷子弯弯绕绕的，水泥厂就在远离人群的巷子尽头，这里是打架斗殴最常发生的地段。

2013 年，陈琪就被堵在这里挨了揍，她躲在角落里，头发被人撕扯着，可她只是沉默地挨着打，一句求饶的话也不说，即使吓得瑟瑟发抖，也一滴眼泪都没流下来。

那会儿驰命还没有开小卖部，只是个在水泥厂搬水泥的小伙子。他叼着烟，踩着水泥袋，盯着那边闹事的人看了好久，最后还是把烟掐灭，冲了过去。

驰命拿了根铁棍挡在了陈琪面前，扭头看她一眼说道："还不跑，是想等着挨揍？"

陈琪抓起书包，很快就跑远了，遥远的身后传来打架的声音，听得她心脏怦怦地加速跳动，但她始终没有往回看，只顾着埋头往前冲。

第二天，陈琪再路过那条巷子，看见驰命仍旧穿着那身黑衣服搬着水泥，但不同以往的是他的腿上缠了块布，伤口还在往外渗血。

陈琪一直盯着他看，驰命余光注意到她的视线，有些厌烦地瞥了她一眼，继续搬着水泥。

陈琪拿着药走到他身边："坐下吧，涂药。"

其实，驰命早就瞥见了那几个躲在角落里的小混混，他们看见陈琪在和驰命说话，识趣地离开了。

驰命扔了一袋水泥到陈琪的脚边，扬起的风吹动着陈琪的发梢，尘土也落了她满身。

驰命已经不耐烦了："他们走了，你也滚吧。"

但陈琪一动也不动，只是拿着药，呆愣地站在原地："坐下，涂药。"

驰命晾了她多久，陈琪就等了多久。

等驰命搬完水泥，陈琪才给他涂上药。

"不涂药自己也会好的。"

"涂药好得快。"

"涂完就滚。"

"明天我来给你换药。"

"不用。"

"还是这个时间，我会过来的。"

陈琪全程都没有抬头看驰命一眼，倒是驰命疼得龇牙咧嘴，一低头就能看见少女认真的模样。

自那之后，因为换药和各种原因，陈琪总是会来找他。

驰命叫陈琪别总来缠着他，但陈琪不听。

驰命说陈琪烦得要死，从来不听别人说的话，自己决定要做的事九头牛都拉不回来。

驰命每天都在赶陈琪走，但如果陈琪真的有事没来，他又会站在路口张望很久。要是等到天黑陈琪还没来，他会气呼呼地骂上一句："骗子。"

时间久了，春熙巷的人都以为陈琪和驰命是一对儿。

他们就这样相处了三年。

一开始，陈琪只是把作业带到水泥厂写，驰命就给陈琪买了张小桌子，还买了把伞挡在她的周围，防止尘土弄脏她的校服。

后来，陈琪会和驰命说起学校的事情，开心的、不开心的都会说给他听。驰命的脸上逐渐卸下了从前事不关己的漠然样子，开始有了神情。

水泥厂的老板很坏，欺负驰命没文化，总给他少算很多工钱，于是陈琪开始教驰命学算数。

"搬一袋水泥是五毛钱,你一天搬一百袋,就是 0.5×100,算出来的数字就是五十块钱。这个是计算器,你要记住自己搬了多少袋,用它算一下就能出结果,按照这个数字找老板要钱,他就不能骗你了。

"记不清的话,我给你买了本子,上午和下午各搬了多少都记在本子上。千万别记错了,这都是你自己费尽力气赚的钱。"

自那以后,驰命的本子上每天都记录着他的工作量,而老板再也没有少给过他一分钱。

驰命一天能搬一百袋水泥,一个月能赚一千五百块钱,除掉吃饭和买烟的钱,每个月还能存下一千块钱。

那时的陈琪瘦得吓人,大概是被人欺负得太狠了,以至于饭都吃不下。

驰命下了班就会去市场买菜,他找菜市场的阿姨学了几道家常菜,陈琪常常会到驰命家吃饭。

短短一年的时间,陈琪已经被驰命养得白白胖胖的,而他自己还是瘦得像根甘蔗。

驰命觉得这样的日子似乎还不错,直到陈琪忽然消失。

那是暑假的某一天,驰命照常做好了饭菜等陈琪回来,一顿饭凉了热，热了凉，他等了很久，陈琪仍旧没有来找他。

此后的好多天，陈琪都没有再出现过，驰命终于意识到陈琪也许再也不会出现了。

驰命思考了很久，最终决定去找那群混混算账。他想，一定是那群混混忍了三年，决定在考试结束后报复陈琪。

驰命依旧带了一根铁棍，不等那群混混开口，就和他们打了起来。

过了很久，驰命跛了一条腿从巷子里一瘸一拐地走了出来。

他嘴角挂着血，眼眶通红。

那群混混说陈琪早就出国了，他们怕驰命和他们拼命，于是这三年从没找过陈琪的麻烦。

一瞬间，驰命立刻就懂了。

他就像是陈琪的铁棍，打架的时候可以闭着眼睛挥舞，不打架的时候就可以随便找个地方丢掉。要是过上了好的生活，那么这根棍子这辈子都不会再出现在陈琪手里。

巷子里，驰命又想起小时候的苦日子。

他六岁就被送进了孤儿院，那时候驰命连自己亲生父母的名字都记不住，只是被人牵着手，就随意丢进了孤儿院。他在那里总是吃不饱。

九岁,他被人领养了,天真的他以为日子能好过些,总算能吃顿饱饭了,却没想到十一岁时再次被抛弃。

大雨倾盆,一直一直下着,似乎从未停过。

雨水混着驰命的泪水,把土地砸出一个窟窿。

他一瘸一拐地回到巷子里,重新扛起水泥。

他说:"都一样,一个人也能活。"

那家水泥厂一直运转着,他也一直干了下去。攒够了钱,便在隔壁开了一家小卖部,经营得还算不错。

只是,若是巷子里再有人受欺负,除了报警,他不会再向前一步了。

## 捉迷藏

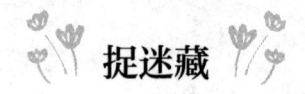

没关系的,

会有人找到我们的。

春熙街不远处有条河,叫平安河,我和林桉嘉就住在离河边不远的幸福小区,没有手机的年代,我和林桉嘉唯一的游乐场所就是那条河边。

林桉嘉性子慢,我性子急,他在河边钓鱼的时候,我总是时不时问他:"林桉嘉,钓到鱼了吗?"

起初,林桉嘉会告诉我还没有钓到,让我别着急。等我问得多了他会板起脸来:"陈瑾墨,你吵不吵?"

林桉嘉不知道那时候还有婴儿肥的他,生起气来其实一点都不吓人。

只有一次,我真的把林桉嘉惹急了,他便生气地说,再也不要和我一起钓鱼了。

那天，我赌气藏了起来，但林桉嘉说他会找到我的。

后来人们总能看见一个小男孩提着水桶在找人，那是十三岁的林桉嘉，在找生闷气的陈瑾墨。

后来，林桉嘉开始变得沉默寡言，但他依旧会去那条河边钓鱼，只是不再和别人搭话。他常常一个人在河边，一坐就是一下午。没人知道他脑子里在想些什么，但是所有人都能看出来，林桉嘉有心事。

1989年8月，平安河两旁绿柳拂堤。这一年，林桉嘉考上了政法大学，他说他要当最厉害的检察官。那年他十八岁，样子天真又可爱，盛夏一无所有的暖风里，裹着他滚烫的理想。

二十四岁，林桉嘉成了春熙路最厉害的检察官，他也依旧每天都要到河边。可能是去钓鱼，也可能只是站着，总之他每天都要在河边耗费很多时间。

林桉嘉常常自言自语："陈瑾墨，我当上检察官了，无论你藏在哪儿，我都会找到你的。"

我真想告诉他，好好生活吧，别找我了，可他是个执拗的人，认定了的事死也不会改。

可惜后来他都三十五岁了,也没找到我。

这么多年,我看着他为了找我,跑了很多很多的地方,那些关于我的报道,被他贴得满墙都是。他把自己困在那个回忆的小房间里,困在一段和我有关的记忆里。他找不到我,也不放过自己。

他才三十五岁呀,尽管我们隔得远远的,我却能看见他弯曲的脊背。为了我,他变得好憔悴。我真想告诉他:林桉嘉,别找了,要好好生活呀。

2006年,林桉嘉终于得到了关于我的线索,他拿着举报信,激动地要去警察局报案。

那天他穿着白衬衫,因为穿得太久,衬衫已经有些发黄。外面套着一件黑色的西服,他拿着举报信和一堆证据的时候,手都在颤抖。

林桉嘉开着古旧的黑色尼桑车,因为情绪过于激动,他打了好几次火,车子才启动起来。林桉嘉把车窗关得严严实实的,生怕有风吹过,带走他的举报信。他幸福地踩下油门,以为那是走向我的康庄大道。

可惜他翻车了,车子翻进了平安河里。由于车窗封得太严实了,他打不开,也喘不过气,只能抱着那封举报信,一点点沉入河底。

林桉嘉太笨了，他明知找不到我，却还要一直找。他明知道那封信送出去很难，却还要送。他只是一个普通人，努力求学十几载，费了好大力气才考上了检察官，可惜只凭着那一腔热血和对我的思念，他已经没了明天。

怎么办呀，林桉嘉，我好对不起你。

我多想告诉他，十三岁那年我就遇害了，我的身体被转移到了好多地方。平安河底有我，黄土下有我，后山也有我。其实我很好找的，但他们就是找不到。

三十五岁的林桉嘉用了十一年，差点就要找到我了，可惜他还是翻了车，为我丢了命。

林嘉桉永远都不会知道，他找了我那么多年，其实我就藏在离他不远的地方。他为了我走遍千山万水，实际上从小到大，我们都不曾分开过。

我真想告诉他，没关系的，林桉嘉，会有人找到我们的。不管是五年、十年，还是三十年，不要怕，我们会等到真相大白那一天的。

林桉嘉，我们的世界会好的。

春熙街不远处有条河，叫平安河，那里有我的缉毒警察父亲，有还没长大的我。

现在那里又多了一个人,他是春熙路最厉害的检察官。

深冬风冷。

还好,我的林桉嘉永远不会有白头发。

## 有爱春风得意，无爱悲喜自渡

包容对方的一切是暗恋者的天赋，

漫长的等待是暗恋者最拿得出手的诚意。

第一次见到谢闻时是在高一的新生典礼上，那时我和他作为学生代表上台发言，他穿着白衬衫，刘海随意地搭在额前，一脸清秀模样。

我长得不漂亮，家里也没有钱，只是一个普普通通的成绩有些好的小女孩。我的青春如同一潭死水，谢闻时是第一颗被丢进死水中的石头。

我们在一个班级，家离得也近，他时常会和我一起回家。

谢闻时总走在外侧，告诉我走路要小心看路。我沉默内敛，话不多，他的性格和我截然相反，他活泼开朗，与谁都聊得来。

但我确信我是他最好的玩伴，因为没有人比我更懂得如何暗恋。

包容对方的一切是暗恋者的天赋，漫长的等待是暗恋者最拿得出手的诚意。

我暗恋了他三年，他往我的死水里扔的那块石头，荡起的涟漪一直到高三都没有消散。

毕业前，我们流行起关于拥抱的大冒险，大家借着告别的名义拥抱暗恋多年的人。

那天，谢闻时第一个抱的人是我。

他刚打完球从球场跑来，见到我便把我拽进怀里。

他匆匆抱了我一下，又赶快松开手，他胸膛滚烫，气息喷洒在我的脖颈，在拥抱的一秒钟里，我能清楚地听见他的心跳声。

晚上，我被谢闻时堵在门口，他要告白。

这会儿他已经换上了一身干净的衣服，头发也去理发店修理过。他个子本来就高，像个衣架子，简单的运动套装被他穿上也显得活泼明媚。

他被一群男生簇拥着向我走来，他问："还可以吗？"

我笑着点头，当然可以。

他小心翼翼,从背后拿出一束桔梗,他抱着花,紧张得连话都说不清楚。

"我喜欢你"这四个字,他曾小声嘀咕过很多次,他不知道,其实每一次我都听得一清二楚。

他拿花的手都在抖,我告诉他别紧张,又小声提醒他:"跟我念,谢闻时,我喜欢你。"

谢闻时听见我的话,道出一句:"我喜欢你,可以做我女朋友吗?"

台下哄闹,我替他松了一口气。

桔梗顺利送出,爱意再也无须藏匿。

谢闻时冲到我身边,像打了胜仗的勇士:"冯清清,我成功了,程安是我女朋友了!"

他笑容灿烂,明眸皓齿,拉着程安的手,幸福溢于言表。

我笑着点头:"祝你们长久。"

班级里的人都在为他们欢呼,有人打开多媒体放起了音乐,他们在一片闹声中拥抱在一起,只有我躲在角落不停地看表,想着怎么还不上课。

他不曾注意我发红的眼眶和嫉妒的心脏。

我不能怪他选择别人,承担一切后果是暗恋者要付出的代价。

他不知道他为什么总能在楼梯的转角遇见我；他不知道我为什么每天都会帮他带早饭；他不知道为什么每天在操场打球的时候，总能遇见跑步的我；他只觉得我要减肥觉得我不应该不自信，他不知道我的爱拧巴得要死。

你看，有爱者春风得意，无爱者只能悲喜自渡。

谢闻时为了给程安告白做了很多努力。

那天下午自习课，他偷偷说了37次"我喜欢你"。

那节自习课，我在心里偷偷说了37次"我也是"。

可惜他从没喜欢过我，他的心脏也不会为我而跳。

他在台上拥抱他的爱人，人们为他摇旗呐喊。

而我，却是角落里举起手机偷窥别人爱情的蝼蚁。

## 他的脸颊通红,出卖了心动

这样不苟言笑的人,到底也会为爱流眼泪。

我的书架上有一本日记本,外面有黑色的外壳,纸页已经泛黄。日记的扉页上有一句话——

今年,我不用再喜欢姜予了。

落款日期是 2018 年 6 月 25 日,那是我高考结束后不久。写下那句话的人是江随——我的竹马。我则是他的青梅,也是他日记里的主人公——姜予。

江随喜欢我,我早就知道。他的那本黑色日记本,记满了关于我的事情。

江随向来不会说谎,但他看向我时通红的脸颊已经出卖了他的心动。

高三那年,我们班来了个叫周野的转学生,坐在我和江随的后面。周野比江随长得还要好看,成绩也很好,是我们班的第一名。

他常常缠着我,说我像个小仙子,不过女生的心思总是敏感,我知道他的心思其实不在我这里。

周野出现后,江随开始逐渐淡出我的视线,他不再为我背书包,也不再教我数学题,甚至不去我家吃饭。

那天,周野在走廊里拦住了我的路,他拽了拽我的马尾,忽然弯腰凑到了我的面前,我愣了一下,他坏笑起来。我想大概没人能对那样的周野不心动。

也是那天,江随第一次放学时没有等我。

江随的情绪一整天都很低落,我给他送牛奶的时候,他也只是趴在桌子上埋头做题。

晚上三节自习课,他甚至都没有抬头看我一眼。

放学时,他跑得比兔子还快,等我追上去的时候,才看见他泛红的眼眶。

我想,江随这样不苟言笑的人,到底也会为爱流眼泪。

我挽住他的手臂:"我们小冰山要气哭了哟?"

江随推开我的手,鼻音重重地说道:"姜予,我们已经高三了,你知道吗?"

"知道啊,那又怎样?"

话刚说完,江随的眼泪就砸到了我的手上。

他真的被我气哭了。

一时间我竟有些不知所措,他背着书包,走到路灯的阴暗面,一个人蹲在地上哭了起来。

身高一米八的江随,蹲下去竟只剩小小的一团。

我凑到他的身边蹲下,揉揉他有些凌乱的头发:"高三又怎样,我又没有答应他。"

风拂过林梢,我晃晃江随的衣角,见他不委屈了,才把书包丢给他。

"放心吧江随,没人打得过我的小竹马。

"自信点江随,在我这儿,你才是第一名。"

少女怀春,爱恋总是赤诚热烈,我对江随的爱不比他对我的少。

大学毕业后的第二天,我们就结婚了。

因为在我的世界里,所有追求者都只能是江随的手下败将。

## 就当我们有缘无分

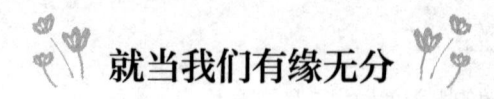

她想要坚定的爱,

想要拒绝一百次,

对方仍旧会表白一百零一次的爱。

没人会等周扬十六年,除非她是许夏。

许夏七岁那年,许家破产了,她从上海转学到了乡下念书。

刚到学校那天,许夏穿着精致的皮鞋和漂亮的白裙子,背着最时兴的芭比公主书包,为进新学校做足了充分的准备。但当她的脚踏上那片厚实的泥土地时,她还是有些接受不了。

那时七岁的周扬就坐在窗边,上课发呆的间隙,他注意到了那个一下车就开始愁眉苦脸的女孩。

周扬数了一下,这个女孩从下车走到教室一共是五十一步，她擦了七次鞋子，被她母亲骂了三次。

数得累了，他就看会儿黑板，然后继续发呆。

很快，第二节课老师就领着许夏走了进来，把她安排到了周扬的旁边，那时只有周扬身边有空位子。

许夏背着书包在桌子边站了很久，最终周扬告诉她桌子、凳子已经被他用湿巾来回擦过了一遍之后，许夏才坐下。

那天，大家都在议论许夏的臭习惯，没人待见她。

许夏尝试融入班级，她送班长最新的漫画书，送女生漂亮的头绳，送男生帅气的铠甲卡片。

但年幼的孩子总是有很强的抱团心理，他们还小，连表面功夫都不会做，他们拿了许夏的东西后依旧继续孤立着她。

那时许夏总哭，她委屈得很，却不知道她的泪水只会让大家更厌恶她。

那时，周扬是班里的人气王，他成绩好，长得也好看，老师和同学都喜欢他，许夏很羡慕他。

整个小学生涯，许夏都在被孤立。


四年级的时候，许夏新买的折叠自行车的坐垫上被吐得到处都是口水，许夏气得踹倒了自行车，蹲下去哭了起来。

周扬从身后踹了她一脚说："就知道哭，真没用。"

后来，许夏哭得更凶了。

周扬便蹲在旁边帮她擦车，等她哭够了才和她一起回家。

五年级的时候，许夏最喜欢的作业本，被撕烂扔在了抽屉里，周扬用零花钱给她买了一本一模一样的，说："别哭了，烦死了。"

后来，许夏不哭了。

六年级的时候，班里的女生开始给许夏造谣，说许夏是坏东西，她父母也不是好人，谁跟许夏一起玩谁就要倒霉。

整个班级，只有许夏成了"灾星"。

许夏忍了好久没有哭，直到她发现连周扬都不怎么和她说话了。

没人看见的时候，许夏才敢拉住他："他们都是胡说的。"

可是周扬只是看着她，很久都没有说话。

许夏松开他的衣角，又哭了。

周扬叹了口气，给她递了张纸："我知道，我最近感冒。"

许夏这才想起来最近正值换季，周扬每到换季时总爱感冒。

后来，周扬拉着许夏一起回了家。


拍小学毕业照的时候，所有人都拉着手。那天，周扬也拉起了许夏的手。

整个童年，周扬都是许夏心里唯一的慰藉。

初中他们又去了同一所学校，分在不同的班级。即使如此，他们也依旧会经常碰面。

有人说周扬喜欢许夏，但周扬从没有承认过。

许夏见到周扬的时候会脸红，但她无法第二次承担别人的议论。

于是她开始远离周扬，周扬也逐渐不再和她联系。

后来，许夏中考失利，他们去了不同的高中。

从高中到大学，整整七年，他们没有再见面。

七年间，周扬给许夏发过很多次消息，从 QQ 到微信，但他不说喜欢许夏，也不说想她。

他总问："许夏，你最近过得怎么样？"

许夏也总回他："还好。"

许夏想再等等，他会说喜欢她的。

可许夏等到的是周扬"官宣"女朋友的朋友圈。

和周扬在一起的是一个很漂亮的女生，照片中的两个人很是般配，评论下都是清一色的长长久久的祝福。许夏说不出祝福周扬的话，因为她压根没想过她和周扬会是这样的结局，最终她关了手机，也屏蔽了周扬。

再见面，是许夏在酒吧碰见分手的周扬。

他们坐在不同的位置，那天晚上周扬看了许夏一整晚。

凌晨离开的时候，周扬还是没忍住拽住了许夏。

外面刮着大风，许夏的头发被吹乱，周扬刚抬手，却被许夏甩开。

他们就那样站在风里很久，谁都不说话。

耗到最后，来接许夏的车已经开到了门口。

周扬告诉许夏："许夏，我喜欢你，从小就喜欢。"

许夏听见周扬的话，眼睛一酸，忍不住地红了。

她想不明白这么简单的一句话，为什么要等到现在才说。

周扬靠近许夏，许夏则后退一步。

再抬眼的时候，许夏已经被另一个男人圈在了怀里。

男人脱下外套给许夏穿上，又搓了搓许夏的胳膊，帮她取暖。

"你朋友？"男人问。

周扬摆摆手，还想解释，却是许夏率先开了口。

她摇摇头："不是朋友，是我以前喜欢的人。"

男人点点头，向周扬伸出手："你好，我是许夏老公，秦牧。"

周扬最终和秦牧握了握手,说:"祝你们白头到老。"

许夏的婚戒在灯光照射下闪闪发光。

许夏不是一个坚强的人,她一受委屈就哭,周扬不是不知道,她想要坚定的爱,想要拒绝一百次,对方仍旧会表白一百零一次的爱。这种爱周扬给不了,但秦牧能。

离别前,她告诉周扬:"周扬,我等过你的。"

她说:"周扬,我们有缘无分。"

## 新婚快乐

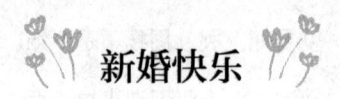

时间过得好快,

那个脊背瘦削的少年,如今已穿过风雨,

成了能撑起一片天的大人。

我和陈为安是一起从孤儿院逃出来的,那年我十三岁,陈为安十五岁。

世界并不全是美好的,有光明的地方就一定会有黑暗,那所孤儿院就在世界的另一面。

我们在那里过得并不好,吃不饱也穿不暖,偶尔还要遭受各种霸凌,所以陈为安才带着我逃了出来。

我们躲到了一辆运粮车上,乘着月光,越走越远。

风吹过来,鼻腔里满是麦子的清香,摇摇晃晃的车厢比孤儿院的地板要舒服上很多倍。

陈为安躺在麦子上，瘦得像一片纸。

"哥，我们要一起把日子过好。"我说。

夜晚的风大，陈为安轻声地说："好。"

逃出来后，我们的日子仍旧过得非常辛苦，但陈为安一直比我有毅力。

我的身体很差，一点风吹草动就会生病，于是陈为安就独自勤工俭学，供我读书。我觉得学习很累的时候，他仍旧坐在灯下看书。

他说我们要读书才能有出路，那年我十六，陈为安十八。

我听了陈为安的话，开始没日没夜地学习。那时校刊上、光荣榜上排在第一位的都是我和陈为安的名字，大家都说我们的故事很励志，也很热爱学习，但其实并不是。

陈为安想拼命往上爬，他想站得高一些，这样便可以不再受人欺负。他想站着说话，而我只想跟着他一起闯荡世界。

电视台来采访我们，问了一个问题："兄弟俩以后想要做什么呢？"

陈为安说："想赚很多钱，想为国家作贡献。"

轮到我的时候，我沉默好久才说："我叫周以礼，我们不是亲兄弟。"

陈为安见状，把手搭在我的手上，看着镜头笑："胜似亲兄弟，正在一起努力。"

不管我说错什么话，他总能给我圆回来，不管我犯了什么错，他也总是能给我收拾得干干净净。那些年，他是我唯一的靠山。

2019年，我从大学毕业，他的公司创立，我占有大半的股权。

从小到大好像一直如此，任何东西只要他有，我就会有。

我带着送他的礼物前来道贺，他看着我笑意盈盈地走过来，旁边牵着一个漂亮的女孩。

"我们要结婚了，婚礼就定在下月初。"他笑着说。

我笑着看着他，发自内心地为哥哥感到高兴。终于有人可以陪在他身边照顾他了。

那份礼物，也成了他们的新婚贺礼。

他们的婚礼举办得空前地盛大，各界人士都前来参加。看着在人群中闪闪发光的陈为安，我变得有些恍惚。

时间过得好快，那个脊背瘦削的少年，如今已穿过风雨，成了能撑起一片天的大人。

婚礼上，陈为安问我出国还需要什么。

我说："我要——"

我想了很久很久，时间长到空气都变得安静，氛围也有些尴尬。

陈为安站在我的身边，还是用从前那样坚定的目光看着我。

最终我笑着从新娘的捧花上摘了一颗红豆："我要你新婚快乐，红豆为证。"

他带我出逃，供我上学。

他想要结婚，成家立业。

他为我吃尽了太多苦，他终于有一件大事是为了他自己，我不能拦着。

这盘死局，输了我认。

## 原来爱意有期限

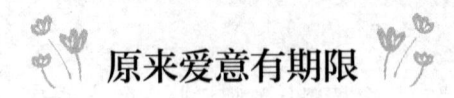

无数个日落时分,我们奔跑在日落大道上,
夕阳就在我们身后,它追不上我们,
那些痛苦也被我们远远地甩在身后。

遇见周鹤汀那年我十三岁,那时母亲带着我刚搬到周鹤汀居住的大院里。

起初,这里只有我和母亲,但好景不长,没过多久父亲便找到了我们,并搬了进来。

我的父亲常年酗酒,喝酒后总爱发酒疯,母亲和我便成了他的出气筒。

年幼的我总是浑身瘀青,母亲常被踹翻在地,但她总会在晕倒前夕拼尽最后一丝力气把我推出家门。

于是,我总是穿着破破烂烂的衣服,捂着流血的嘴角一个人躲在角落里。

而我要一直躲下去,躲到父亲离开家,躲到母亲从晕厥中醒来,才能将我带回家。

我嘴角上的疤总是反复结痂,旧伤未好,又添了新伤。那些疤痕也从来没有完整地愈合过,就连大院里的孩子见着我也总是躲得远远的,议论纷纷,只有周鹤汀会来关心我,给我送药。

周鹤汀会轻手轻脚地帮我抹药,怕弄疼我。

那时,他只比我高一点,额前的刘海儿长得快要盖住他好看的眼睛。我仔细看着他的脸,连鼻尖上的痣也看得一清二楚。

他抹药时还会替我吹一下,风带起他的刘海儿,他会抬起头来,问道:"疼吗?"

我不愿说话,只是冲他摇摇头,但我的心里却无比温暖。

因为除了我的母亲,周鹤汀是第一个看见我满身伤痕时,会问我疼不疼的人。

而他看见我做出的回应后,会弯起嘴角,松了一大口气,递给我一个哨子说道:"下次他打你,你吹哨子我就会来。"

他把哨子戴在我的脖颈上,说这是我的护身符。

后来当我真的吹响哨子时,他便会第一个赶来带我逃走。

无数个日落时分，我们奔跑在日落大道上，夕阳就在我们身后，它追不上我们，那些痛苦也被我们远远地甩在身后。

就这样，在我那如同烂泥一般的年少时期里，周鹤汀是除了母亲外，我唯一的精神支柱。

一天，我的母亲被打后再也没有醒过来，那一整天也没有人来带我回家。

我就在院子里的树下坐了一整夜，而周鹤汀房间里的灯也亮了一夜。天一亮，他便立刻冲下楼来找我。

那时，我看见警察带走了我的父亲，医生带走了我的母亲，而我只是茫然地站着，因为我知道以后没有人会再带我回家了。

而这时，周鹤汀牵起我的手，说道："别怕，我会带你走。"

那年我们正年少，一腔热血，单纯地以为勇气能大过一切，殊不知勇气不过是爱的傀儡，不堪一击。

十八岁那年，我们恋爱了。

但身边的人一直没有停下对我的议论，随便一张嘴，便能将人嚼得稀碎。

我无心上学，便安心赚钱，供周鹤汀读书。

那几年，他学校家里两头跑，一有空闲便去兼职，想让我轻松一些。

他说："陈婉，我不想看你受苦。"

我闻言，拂去他额前的碎发："周鹤汀，带我走吧。"

后来，周鹤汀研究生毕业，他说要娶我，但那时的我们没有多少钱，婚礼仪式一切从简。

婚礼上的他流着泪说对不起我，我摇摇头，眼眶含泪，只觉得自己真的收获了幸福。

再后来，我们在别的城市买了房，搬进新家的那一刻，我才真正觉得我告别了过去。那天晚上我们窝在沙发上促膝长谈，他坚定地对我说："陈婉，以后不会有人打你了。"

那时，我也曾以为那一刻就是永远，我们会安稳幸福地走下去，可当他的情人找上门时，年少时打出的那颗子弹，还是正中了我的眉心。

当我歇斯底里地和他的情人拉扯在一起的时候，他的巴掌落在了我的脸上，我的嘴角又开始流血了。

他保护情人的样子就像当年保护我一样，周鹤汀依旧是那个周鹤汀，只是他爱的人已经不是我了。

最后，他只是冷冷地说了句："别发疯了，你爸当年怎么没打死你？"

那句话就像一颗隐藏多年的地雷，瞬间炸开，落在了我的心上。他太了解我了，他知道刀子扎在哪里才能一招致命。

我闻言，不再同他的情人拉扯，只是流着泪收拾我的东西，但三十三岁的周鹤汀再看到我的泪水，却只有厌烦。

离开家的时候，我似乎看见了十三岁的周鹤汀。

他拿着哨子，抱着一堆药，流着泪，心疼地看着我。

我举起脖子上的哨子，最后一次冲他吹响，而十三岁的周鹤汀急得团团转却又不知所措。

他似乎在歇斯底里地咒骂三十三岁的周鹤汀。

我冲他笑，让他别再急红了眼睛。


周鹤汀，别难过，是我们都太天真了。

那时我们年少，竟天真地以为爱永远都不会变。

## 沉默的回音

等待爱人是真心人的天赋,

怎么会后悔?

江潮十七岁那年父母因公殉职,由于无家可归,便搬到了我家楼下。

那时我家还在中心街的旧小区里租房子住,房子租在二楼的其中一间,一楼则是车库。江潮挑了最西边的那间一楼的车库,租金一年两千块钱,那是他当时能承受的极限了。我以为父母因公殉职的人生活上总该有些保障的,可江潮有好些吸血的姑舅,而他向来都是比较倒霉、不幸被啃食的那个。

他去交房租的时候,我妈正拉着我和房东掰扯房子漏水的问题,在我妈和房东激烈交涉的间隙,江潮插了句嘴:"那个……房租能便宜些吗?我的钱不多。"

而房东也在交涉的间隙爽快地回应了他："不行。"

于是江潮从口袋里掏出一沓钱来，一张张地数，数了三遍都只有两千块钱。他犹豫了很久，最终还是决定把钱交了，而我热心肠的母亲就是在这个时候一把夺下了那沓钱，随后拉着房东走进地下室争论起来。

"你自己看看这车库，就一扇破小窗户，要不是肺活量大点，孩子都能憋死。还有这墙都脱皮了，你再看这门能防得住谁？这屋里除了一张床还有什么？还要两千块？缺德死了，给你一千都嫌多！"

那是一个并不算漫长的讲价过程，在我妈和房东唾液飞溅的车库里，我和江潮直愣愣地站在原地。我想从那时起，江潮就算和我们家产生了羁绊。

最终我妈帮江潮以一千二的价格租下了那间车库，而此后的几年里，车库也没有再涨价。

我妈告诉江潮，饿了可以来我们家里吃饭，江潮盯着我妈看了许久，最后只是眼睛红红地道了谢。而那以后，他就靠着我妈给他省下来的八百块钱拮据地生活着。

少年时期的江潮很穷，穷得让人诧异他要如何活下去。小区里，经常有人能看见他在捡回收箱里的旧衣服穿。他不挑款式，还会把捡来的衣服洗得干干净净的，破损的地方缝好又能穿好久。

好几次，江潮去学校穿的都是女孩的衣服，衣服前面有大片的公主印花，袖子也常常短上一截，胳膊肘那块被他缝得歪七扭八的。年少的江潮因为穿着总被嘲笑，可他依旧挺直脊背，绝不低头。

江潮不吃早饭是我先发现的。高三那年，我妈说要磨炼我的意志，学校规定六点到校，我妈总是凌晨五点就把我从床上拽起来，催我去学校。为了节省时间，我妈都是把早饭做好，让我带在路上吃。

每次我迈着沉重的步子往学校走的时候，总能碰见江潮。

我怕黑，就拉着他同我一起走。我吃早点的时候，他眼睛总是一动不动地盯着前方。

"江潮，你吃了吗？"我问。

"吃了。"他总这么回答。

可是江潮的肚子总会不合时宜地咕咕叫，而我的余光也会瞥见他微微滚动的喉咙，我总能看穿他饥肠辘辘的样子，可少年时期男孩的自尊，支撑着他们拙劣的伪装。

我想江潮需要一个台阶，于是我借着挑食的借口把牛奶和鸡蛋递给他："我不喜欢吃，你帮我，别告诉我妈。"

他一开始是拒绝的，在我百般要求后无奈答应了。

江潮通常会两口就把鸡蛋吃完，而牛奶则会慢慢喝，这样才能对上他吃过早饭的谎言。

后来我常给他送牛奶，他放学也会等我一起回家。

那一整年，别人都有父母做的好吃、好喝的饭菜，可江潮只有一碗稀饭和一包咸菜。而他唯一的营养来源，是我给他的一瓶牛奶和一个鸡蛋。

他的自尊心太强了，我妈给他送饭，他就要出去干兼职，挣钱还给我妈。

我说他太过教条，总是一板一眼，他说他太过自卑，因此总小心翼翼。


后来，高考那几天，我把江潮拽到了我家吃饭。那几天，我妈把她的拿手菜全做了一遍，说让江潮好好考试，而我却只希望他能好好吃顿饱饭。

查分那天我问他："江潮，你有想要的东西吗？"

江潮踢走脚下的石子，沉默不语。

我们沿着海滨大道从日落走到深夜，暖风吹过，将他的衣服鼓起一片。

他的碎发长得快要挡住眼睛，瘦削的脸颊也没有什么血色。

夏天的蝉鸣依旧不断，我说："江潮，不管去哪儿，你不能忘了我。"

我很清楚自己喜欢他，但我想那时候的江潮大概对恋爱没有什么兴趣。

我总觉得江潮身上有股狠劲，有些东西他非要不可，但那东西绝不是我的爱。

九月，他去了廊坊，我去了苏州。

江潮偶尔会给我发消息，但大多数都只是一张照片——拍的是他的饭。有时候是一碗米饭配一份土豆丝，有时候是一碗米饭配几块肉。他说，他有在好好吃饭。

我好几次想去找他，他总是不让。

他说，他禁不起任何人为他奔波。

后来，我们的联系越来越少。我给他发的消息总要隔上好几天才回复。

再后来，我和他彻底失联，他消失得一干二净，仿佛从未在我的世界中出现过一样。

我找了他好久，久到十五年过去，我甚至快忘记了他的样子。

十五年间，我仍然无法接受任何人的示好，旁人常劝我早些结婚，只有我妈知道我的心思全在江潮那儿。我妈同意我等他，她说只要我不后悔。可是妈妈，等待爱人是真心人的天赋，怎么会后悔？

直到某天，我在纪录片里看见了他的名字。

那个纪录片的开头是这样说的——

"这是一位青年的二十四年，也是一名警察短暂的一生。"

那句话说完之后，屏幕上便出现了江潮的照片，也许是毕业时候拍的，也许是刚入职时拍的。照片上的他脸颊依旧凹陷，下巴上有些青黑色的胡茬，他穿着一身警服，腰杆挺得笔直。

纪录片里说江潮是一名优秀的警察，我不忍听他经历过的那些惊心动魄的出警场面，但我能听见纪录片说江潮早已殉职，且至今尸体仍没找全。

直到那一刻我才明白为什么他总是不回我的消息，原来不是不愿回，是他再也不能回了。

我不知道该如何去纪念江潮，我只能一遍又一遍地看那部纪录片。

某一年的春天，我忽然想起江潮曾给过我一个上了锁的箱子。那时正值高三毕业的时候，他说让我帮他保管，以后再还给他。

说出那句话的时候，他大概知道自己没有以后了。

我撬开箱子，里面只有空的牛奶瓶，摆放得整整齐齐，一共六十三个。

那是我高中时送给他的牛奶，他把瓶子都清洗干净，保存在了箱子里。而最后一个牛奶瓶里塞了一张泛黄的纸条，上面是江潮的字迹，写着——

陆林，我有想要的，我想要一个家。

2009.6.25

我的眼泪瞬间涌了出来，原来那天他早已回答了我。

江潮的愿望很简单，可惜他是个倒霉鬼，十七岁的他没有家，三十七岁的他也依旧没有。

## 爱会在记忆里永生

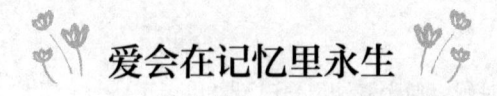

> 陪她走过的路,
> 你不能忘。

十九岁那年,我第一次遇见邢恩,他穿着干净的白衬衫,站在国旗下,那时他说他的梦想是保家卫国。

后来我牵起他的手,说愿意陪他一起走。

从十九岁到二十八岁,我们一直都在恋爱。

邢恩是一名缉毒警察,他工作很忙,以至于忙起来的时候,我常常联系不上他。

恋爱的第九年,我接到他们队里的电话,电话里说邢恩的卧底身份被发现,已经失联一个月了。

之后那一年,我们用尽了各种办法,就是找不到他,我能猜到发生了什么,但我不愿意相信。

朋友劝我放下,但那是实打实的九年,我需要时间来忘记。

七年后,我和母亲介绍的相亲对象结婚了。

对方是一个普通的生意人,他说他也有放不下的人。于是,我们干脆第二天就结了婚。

母亲诧异我结婚速度之快,但只有我们知道,不能和爱的人在一起,婚纱穿给谁看都一样。

结婚前几天,我和丈夫的海报被放在礼堂门口,接受人们的夸赞。

婚礼那天,结束不久后我就接到了警队电话,他们说有东西给我。

那是一张照片——我和邢恩的"婚纱照"。

照片是假的,背面有一行字,写着——

**陪她走过的路,你不能忘。**

法医说邢恩大脑受损,右腿也断了,眼睛几乎看不见,已经在几天前去世了。

我开始拼命猜想邢恩最后一次看见我的样子。

他应该跛着腿,头发长得很长,脸颊凹陷,下巴有了青色胡茬。

他应该一瘸一拐地走到海报前,用身体挡住海报上的新郎,再吃力地举起已经过时的相机,和我自拍了一张。

这样一来也算和我结过婚了。

他应该最后会看我一眼,但苦于眼疾看不清,便只好一瘸一拐地离开了。

那天所有人都在庆祝我们的婚礼,连我和丈夫面对相机,面对亲戚朋友的时候都不得不挤出一个漂亮的笑容来展示我们的幸福。

那邢恩呢?他在礼堂之外远远地看见我和丈夫恩爱场面的时候,在想些什么呢?

他藏了好多年,终于在我一切安稳的时候彻底离开。

他不想耽误我,所以不见我,可他又放不下我,所以垂死挣扎。

他对我的爱一如既往,他会在我的记忆里永生。

他不会跛腿,不会看不清。

他永远是我记忆里十九岁,那朵意气风发的茉莉花。

十九岁那年,我第一次遇见邢恩,他穿着干净的白衬衫,站在国旗下,那时他说他的梦想是保家卫国。

三十五岁那年,我最后一次见到邢恩是那张皱巴巴的照片,他胡子拉碴,面容憔悴。

梦想是和我结婚。

# Part 2

那个下午,李金花坐在地上慢慢地剥花生,
她剥一颗就要和许兰杰说一句,
一个人絮絮叨叨地说了很久,
她用了一下午,向自己的前半生告别。

## ◀ 假如没有遇见你 ▶

## 一朵红梅

身后传来惊天动地的一声后，
勇敢的小平化为了一朵红梅。
那朵红梅越开越艳，
耀眼的红色打败一地金黄，终于迎来了洁白的冬天。

小镇的秋天向来是冷清的，那些进城务工的人夏天回来避暑，又会赶在秋天之前离开小镇。这时候且不说人烟稀少，就连天空都要显现出寂寞的颜色来。

云层是灰白色的，一眼望不到头的天空，总会穿插着几条黑色的电线，夕阳照耀的时候，立在电线上的麻雀就成了几片剪影。

道路两边的树，叶子已经掉得差不多了，偶尔有车经过的时候，会忽然惊起一群飞鸟。车轮压过落叶时，会发出一阵噼里啪啦的响声，听起来像是过年的鞭炮声。

我从城里回来的时候正是秋天，天气很好。傍晚的时候，我下了车，叫了辆出租车回到了镇上。一路上没看见几辆车，倒是看见了很多赶鹅的。镇上的老人很多，大多都会养些家禽。镇子西边有一条水渠，如果我再回来得早些，就能看见满渠的鸭鹅。

我是经过水渠的时候遇见小平的，她依旧穿着那件紫色的保暖卫衣，黑色的长棉裤，留着短发。不过现在她的头发更短了，远远望过去，像个男人一样。

她的衣服除了夏天，其他季节都不怎么换，天太热的时候，她会穿一件单薄的秋衣。

以往镇上树多，人们还住在平房里的时候，夏天还算凉快，不开空调也可以。但后来树越砍越多，零零散散地只有为数不多的树还在耸立着。房子越建越高，天也越来越热，晚上甚至连池塘的蛙鸣也不太听得见。

我不知道这些年的夏天，小平是如何熬过来的。我想，大概行为怪异的人，也总都有些怪异的天赋。

小平的眼睛有些问题，我不是医生，也不太懂，总之大概是属于斜视那一类的毛病。

以前我很害怕看见小平,因为她看人的时候总要盯着别人看好久,而她的眼睛又是那样奇怪,看着叫人瘆得慌。所以那时候我见到小平,总会躲到大人身后去,不过现在不能了,因为我已经是大人了。

小平遇见我的时候,在我身边站了好一会儿,也盯着我看了好久,她忽然笑了起来。

小平笑起来很难看,难看得有些怪异,因为肥胖,她脸颊的肉都堆在了一起。笑起来的时候,肉把眼睛都快挤没了,虽然这样说不大好,但总归会让我觉得有些恶心。

这一点她和以前不大一样,以前小平是没有这么胖的。

笑完她拉住了我的手,小平的手很小又很胖,本该是软的,但她做了很多活儿,手掌变得不再平整。她说话吐字也不清晰,从她吞吞吐吐的语调里,我依稀听明白她说:"三娘,你回来了?"

我在镇上的辈分比较大,纵使是小平这样比我大了二十多岁的人,也要叫我一声三娘。

我应了一声,把手抽出来。

"吃过饭了?"我问她。

"没有,一会儿就……去做饭了,小宝等着吃呢。"

寒暄了几句,我便准备离开,临走前她忽然又拽住我:

"三娘，你走大路，小路……不干净。"

她说这话的时候，用手捂着嘴，左右看了看，确定周围没人了之后才小声告诉我的。

我心里一紧，有些害怕，只能潦草地点了点头。

她想说些什么，却欲言又止，最后指了指大路的方向，要我赶快回家。

我扭头看了看小平，她依旧迈着和以前一样拖沓的步子，慢悠悠地走回家。

她说的小路其实是一条泥土路，那条路离我家更近，大路是水泥路，离我家稍远些。

我向来是不信神佛的，但我怕鬼，最终我走了大路回家。

父母搬去城里和我一起住已经好多年了，老家的房子卖不掉便也一直荒废着。好在离家之前我们把老屋收拾得很干净，白日里自然是什么都不怕的，但现在是晚上，我想起小平的话，又感到有些害怕，便一夜都不敢关灯睡觉。

窗外的树影摇摇晃晃，风一吹过，缝隙里就发出呜呜咽咽的声音，像是有人在哭。那一定是女人的哭声和哀怨声，那时大家的思想向来会有些偏见，所以说像女性的哭声倒也不甚奇怪。

半夜，门口有了动静，有人在敲我家的门。我不敢出声，只得缩进被筒里，好在也就一会儿，敲门的声音便停了，快天亮的时候我才迷迷瞪瞪地睡着。

外面的世界光速发展，而镇上仍旧保持着多年来的习惯，晚上八点村庄就一片漆黑，凌晨六点便已炊烟袅袅。

我的床边有一扇窗，粉色的窗帘因为太久没有打理，已经积满了厚厚的灰尘。早上五婶她们在一起聊天的声音之大，大到甚至可以使那些灰尘掉落得一干二净。

我就是在那些嘈杂声中被吵醒的。

早晨提着牙缸去门口刷牙的时候，她们热情地和我打招呼，说十分想念我，我笑着点头回应她们。

等我刷完牙，吃完早饭，已经过去了一个小时。我要出门的时候，我又从她们口中听到了我的名字，看来她们仍旧在我的窗前诉说着对我的思念。

小平也是这时候来到了我家，她拎了一袋橘子，说特地来找我，想请求我办件事。她由于斜视，又想看着我，头就只能往另一边扭过去，那样子有些可怖。

"小平，饭吃过了？"五婶问她。

小平"嗯嗯啊啊"地应着。

我拉小平回屋，让她坐下，小平从怀里掏出了一条裤子给我。

"你家有机子,给截短点。"

那是一条黑色的棉裤,腰部被改过,改得小了些,不像是小平能穿得上的尺码。

"要改多短?"

"再截短一拃,小宝上学穿。"

"小宝多高?"

"小宝上三年级。"

"多高?"

"小宝是男孩,能得个男孩是俺家的福气。"

"小宝多高?"

"小宝还有个姐姐,四年级,就大一岁。"

我知道,我问不出什么来了,只能大概给她裁短了些。

小平看着新裤子,高兴得又把眼睛挤成了一条缝,临走前她把橘子放到了缝纫机上:"三娘,你吃吧。"

那些橘子很小,皮也干得发硬,随便剥开一个,里面都像是风干的橘子标本。我送她出门,走到门口的时候,我从五婶嘴里听到了小平的名字,看来此刻她们已经换了新的思念对象了。

送走小平后,我要锁门时,五婶拍了拍我的肩膀。

"让你改裤腿儿呢？"

我点头。

五婶的脸皱成了一团，摇摇头："可不敢改，那是从死人身上扒下来的。"

这时候虽然是秋天，一个硕果累累、遍地金黄的季节，但我心里还是一惊，打了个寒战："不能吧？"

"真的，镇上一有死人，她就去地里拿人家要烧的衣服。"

"可小宝……"

"小宝？小宝早就死了，他姐也死了，都是淹死的。"

"淹死的？"

"嗯，淹死的，就在西边的渠里。"

我顺着五婶的话，抬头看了一眼水渠，就在通向我家的那条小路旁边。那条水渠现在波澜不惊，水面平稳，连一丝波纹都没有，总共不过一米多深，清澈无比，夏天还经常有男人在里面冲凉。

"这样的水渠能淹死人？"

"嗯呢，就这命，跟她妈一样。"

五婶系了系头巾，心满意足地擦擦手说该回去做饭了。

我看着已经走了很远的小平，她依旧把那条裤子抱在怀里，步伐比昨天轻巧了不少。她慢慢消失，在我眼中成为一个模糊的黑点。

年幼时我听过的那些关于小平的事，却在这时逐渐清晰起来。

而当我把这一切串起来时，我终于看到了一个女人的一生。

小平不是我们这里的人，用镇子上人们的话来说，她是蛮子。

小平是在一个秋天被赵德宝带回来的。

赵德宝是镇里出了名的老光棍，在我们镇上，不管男人女人，三十岁了还不结婚就算是件大事，是每家每户吃饭都要说上两句的。赵德宝扛不住别人说，于是在出去打了一年工后把小平带了回来。

小平来到镇上那天，赵德宝给她买了件新衣服，是一件红色的毛衣，毛衣前边儿还有亮闪闪的印花，很是洋气。小平头发上扎了一朵红花，那时候的小平还没有那么胖，留着很长的头发，想来那时候的小平，还是一个把自己收拾得干净利索的女孩。

那天，赵德宝风风光光地回镇，走了一路，也和人们打了一路的招呼。但小平一句话都没说，她羞怯地看着周围的陌生人，跟在赵德宝的身后，赵德宝每抬手一次，她都要往后躲一次。

她眼神飘忽，嘴里"嗯嗯啊啊"的，不知道在念叨着什么。

那时村里人和小平打招呼，小平只是愣愣地往后躲，赵德宝只顾着向别人散烟，也不管身后的女人。村里的人逐渐琢磨出来，小平不是赵德宝自己相亲相的，而是买来的。

乡亲们都知道这件事，但大家都什么也没说。

乡亲们都在背后说赵德宝没本事，却又都当着赵德宝的面儿夸赵德宝厉害，找了个好掌控的女人，不会跑。

但听说刚来的那几年小平跑过，只是每次跑走，又都会被抓回来。要么是被赵德宝抓回来，要么是镇上的男人看见了跟着，然后给赵德宝打电话，再被赵德宝抓回来。每次小平被抓回来的夜里，镇上都能听见小平被打得鬼哭狼嚎的声音。

人们说赵德宝真不是个东西，早晚得下地狱，但下一次他们仍旧会给赵德宝打电话，让他把小平抓回来。

这么折腾几次之后，小平就不跑了，她整日待在家里不出来。

直到后来赵德宝说小平有了，等人们再见到小平的时候，她已经生完了孩子，那是她的第一个孩子。

是个女孩，叫来娣。

来娣一岁的时候，赵德宝喝得醉醺醺地骂小平是个没用的货，他说要让小平给他生个儿子，要是生不出来就一直生。于是不过多久，小平又怀上了。

赵德宝每日都要出去喝酒，喝完了酒就满镇乱转，到处吹嘘自己在外头做了多大的生意，那些吹牛的话已经让人们的耳朵都起了茧子。

于是男人们假装接了个电话就离开了，女人们则留下劝他："赵老板，回去给孩子洗洗尿布吧。"

赵德宝把酒瓶一摔："我洗他娘的尿布，天底下哪有男人洗尿布的，那我还要娘儿们干什么？"

他就这样一路骂回了家。

那时的小平大着肚子，每天也仍要给赵德宝做饭，要给来娣洗尿布，要下地打药，要给一家子缝补。她累得要死，但她已经麻木得不能意识到她的痛苦是赵德宝带来的，她只知道干完了活儿，听了赵德宝的话就能少挨揍。

赵德宝人穷志也短，只想着得过且过。他没钱用，就把家里的东西都拿出去卖，卖得家徒四壁的时候，就去别的村里偷，偷不到东西，他就把小平的头发也剪了去卖，卖了钱拿去买酒喝。

有时他嫌小平的头发长得慢,还会揍她一顿,说她还不如是个秃子。

于是寂静的夜里,人们常能听见赵德宝疯狂的辱骂声和小平嘹亮的鬼叫声。

那之后一年的春天,小平终于不负众望地给赵德宝生了个大胖小子,男人们夸赵德宝能干,女人们说小平总算逃过一劫。

也是从那时起,小平完全变成了一个憔悴的中年女人。

而赵德宝有了儿子后更加神气,出去喝酒的时候总把他的儿子也带上。他儿子刚出生两个月就被赵德宝带到饭桌上炫耀。他把儿子大剌剌地放在饭桌中间,包被打开又合上,两条腿儿提起又放下,左右摆弄。他儿子吓得直哭,他就用筷子蘸酒给他儿子尝,然后他的儿子就呼呼大睡,不再哭闹,他也满意得很。

他说他儿子要是搁在古代,高低得是个将军,理由是将军要喊号子,得声音大,他儿子哭的声音就挺大。聪明的赵德宝完全沉醉在有了儿子的喜悦中,没有意识到他的将军儿子快要饿死了。

因为儿子，他暂且把自己心爱的酒放到了一边，说："看见没，儿子都随老子，这小狗日的和老子一样沉稳。"

于是一帮男人喝得云里雾里的，女人们看着着急，干脆把孩子抱去喂了些奶，才让这孩子活了下来。

赵德宝在外头的炫耀得到了别人的夸奖后，心情会变得特别好，他回家后就不再打骂小平。赵德宝到了家倒头就睡，做梦都梦见人们在羡慕他。

有了儿子，赵德宝觉得自己的人生就算是圆满了，时间久了他觉得自己该给儿子准备些东西，最好是很多很多的钱，于是他又操起老本行——去外地打工。

将近五年，赵德宝都没有回来，在他离家的这些日子，小平倒是冒了几次头。别人跟她打招呼的时候，她也乐呵呵地回应，她经常去水渠给孩子洗衣服，洗着洗着她就坐在地上看着远处发呆。

"小平，洗衣服呢？"

听到有人和她说话，她惊了一下，看清来人不是赵德宝后，又笑嘻嘻地点点头，拿着洗好的衣服回家去了。

赵德宝是一年后回来的，这一次他又带了一个女人回来。

这个女人穿着时兴的豹纹裙子，烫着洋气的大波浪。而赵德宝也像换了个人，穿着皮夹克，勒着皮裤带，连皮鞋都擦得油光锃亮的。

他见到镇上人后也不满口老子、娘儿们的了,他文质彬彬地向人们介绍那是他的爱人。

小平一开始住在偏房里,赵德宝说他这次回来要把小宝带走,他在外地发展得很好,他的爱人家庭也不错,很支持他,将来他的儿子能继承他的遗产,过上比他还风光的日子。

小平那时不仅要伺候赵德宝,还要伺候赵德宝的爱人。

好在来娣知道帮她干活,于是赵德宝每天便和他的爱人你侬我侬,而小平则要带着来娣洗怎么都洗不完的衣服。

赵德宝振振有词道:"一人一个命,女人就是天生干活的贱命。"

他的爱人听到这话反手甩了赵德宝一巴掌,清脆响亮,她瞪了他一眼,赵德宝马上改口:"她是,你不是,你是仙人命。"

赵德宝的行为被他儿子一板一眼地全都学了去,他儿子夹着嗓子,每天指着小平的鼻子破口大骂:"臭娘儿们,滚去给老子干活。"

小平低眉顺眼地应着,只盼望她儿子能消消气。

沉稳威风的赵德宝是在一个晚上死掉的。

那天赵德宝喝了很多酒，晚上回去抓着他的爱人就开始享乐，他就是那时候死的。赵德宝死的时候身上连一件衣服都没有，床上的女人见状鬼叫一声，连夜逃跑了。

小平被女人的动静折腾醒了，去了堂屋扒开门缝看了看，看见赵德宝口吐白沫，歪在了床上。她吓得不行，冲进去晃了晃赵德宝，赵德宝僵直地从床上滚了下来，咣当一声，惊醒了旁边的小宝。

小宝凑近看了看赵德宝，又看了看小平："你他娘的弄死他了？"

小平慌忙摇头，可她叽里呱啦说了一堆，小宝压根听不懂，他摆摆手："死就死了，老子要睡觉，滚出去。"

小平担惊受怕一整晚，第二天早上小宝睡醒了，迈着大步往外走。

"我爹死了，以后家里我最大，你们都得给我干活。"

小宝说完便跑出门去，开始大肆炫耀他爹死了的事。

"我爹死啦，我爹死啦，大家快来，有酒席吃啦。"小宝喊了一路，喊到镇上终于有人去了小平家。

小平躲在房间里面不敢出来，她怕赵德宝的灵魂揍她。

镇上的人都说小平的好日子要来了。

人们把赵德宝埋到了地里，小宝骂骂咧咧，说没有酒席吃还要下地，累得要死。

晚上回去的时候，小宝还为这事踹了小平一脚。

后来人们总能看见小宝三天两头踹小平，一个小孩打起娘来，经验老到得就像他刚死没多久的爹。

小平吓得要死，觉得小宝是被赵德宝的鬼魂附身了，三天两头往小宝身上撒朱砂，害得自己又被小宝打了几顿。

小平不识字，两个孩子上学都是村里给帮的忙。来娣懂事，成绩也好，天天背着弟弟去上学。人们感到唏嘘，她有个那样的妈和那样的爸，以及那样的弟，竟然还能高瞻远瞩地为自己的学业而奋斗，真是了不得。

可是那样了不得的来娣还是死了，就淹死在那个她每天放了学就要去洗衣服的水渠里。


这一段是后来我那热心肠的五婶告诉我的——

那是七八年前的夏天，正赶上收麦子的时候，来娣背着小宝放了学，要赶去地里收麦子。在拉麦子回来的路上，小宝嫌热，非要去水渠洗澡。

来娣不让，小宝把来娣打了一顿，然后跳下了水渠，让来娣先去送麦子，回头再来背他。

那会儿正是地里上水的时候，水渠的水那样湍急，来娣不知道小宝刚下去没多会儿就顺着水流被冲走了。来娣回来找不到人着急得很，顺着水渠去找人，脚一滑也摔到水里去，一道给淹死了。

后来下午地里干活的人在地头发现了姐弟俩。

找到他们的时候，两人都泡肿了。

"那可怜的来娣还死死抓着她弟弟的手呢。"我五婶声情并茂地告诉我。

那之后小平就变得神志不清了，见到人就问人看没看到她的两个孩子，说找不到小宝，赵德宝会把她打死的。人们一说孩子死了，小平就气得要打人。

往常她见了小孩都要盯很久的，好多小孩都被吓得直哭。再后来她就开始抢别人家的孩子，专挑四五岁的男孩抢。被人家拿着棍子打了几次之后，她就只是躲在一旁看，不去抢了。

再往后某一年的冬天，她出来洗衣服的时候，听见有母亲对孩子说天冷了，要给孩子做条棉裤穿，她就开始到处去找裤子。活人的抢不到，她就去抢死人的，谁家要是死了个人还得避开小平，谁都不知道这疯子会干出什么事情来。

小平抢来的裤子都是些大人的，小孩是穿不上的，于是她见到人就拜托人帮忙改裤子。人们都知道裤子是哪里来的，自然没人帮她，除了我这个好多年不回来的人，真的帮她改了裤腿。

下午,我给我妈打电话说我有些害怕,我妈在天黑之前赶了过来。

我决定把事情办完就抓紧离开。

三天后,我要离开镇子了,而这次离开后,是真的不知道何时,或是因为怎样的契机再回来了。

离开的时候是傍晚,夕阳笼罩了整个镇子,整个镇子都是美好祥和的金黄色。

我锁好门,转身要走的时候,小平不知道什么时候站在了我的身后。我被吓了一跳,下意识地喊我妈,我那时身高一米六八,而我那一米五三的妈妈勇敢地挡在了我的面前。

"三娘,你要走了?"小平问我。

"嗯。"

"不回来了?"

"不回来了。"

"哦,小宝也不回来了。"

"瞎说什么呢?快回家做饭去吧。"我妈觉得晦气,让她走。

小平也不生气,她眼神幽幽地看着我,万般叮嘱我:"三娘,你走大路,小路……不干净,小宝就死在那儿了。"

"去去去,抓紧走。"我妈赶走她,拉着我上了车。

我看着后视镜里,小平不再盯着我了。

我想到这里终于能结束了,可是后视镜里小平盯着水渠的方向,忽然极快地冲了出去,肥胖的小平在那一刻像一只勇猛的雄鹰,又如同利箭般飞了出去。而货车也在那一刻,如同烈马一般冲了过来。

"砰!"

身后传来惊天动地的一声后,小平化为了一朵红梅。

云层是灰白色的,天空又大又蓝一眼望不到头,电线杆上的麻雀忽高忽低地飞来飞去,路两边堆满了金黄的落叶,车轮轧上去,发出噼里啪啦的响声。

那朵红梅越开越艳,耀眼的红色打败一地金黄,终于迎来了洁白的冬天。

## 村镇外的世界

有一天,

阿蛋忽然意识到村镇外的世界很大,

大到阿蛋无法想象,

大到阿蛋如果不再努力些,是这辈子都看不见的。

阿蛋出生那天村上正在举办庙会,一群人乌泱泱地围坐在一起,看着一群衣着艳丽的妇人拿着扇子跳舞。那些妇人看起来长得都一模一样,一样微卷的短发,一样金色的耳钉,一样红色的廉价舞蹈服,腰间绑着一样的绿丝带。她们的舞步并不整齐,甚至还会出现走错位的情况,不过这些状况,台下观看的那群人也都看不出来,他们只要听个响儿就行了。

李铁生拉着平车拖着阿蛋的娘去接生婆那儿的时候,李贵平还在地里打药,他猛灌了一口酒,又噜噜噜地往前冲,像是一头老黄牛。

阿蛋的娘在平车上疼得死去活来,李铁生只能一会儿快一会儿慢地往前走。路过举办庙会的地方,李铁生停了两秒,傻笑了一下,被身后的阿蛋奶奶踹了一脚后,又拉着车继续往前走了。

"让一让,生孩子了,生孩子了!"李铁生卖力地喊,乌泱泱的人群这才呼啦一下散开,给他们让了一条路。

这时候原本艳阳高照的天儿却忽然阴沉下来,很快便乌云密布。

"要下雨了,要下雨了,快回家。"原本散开的人群乱七八糟地拎着板凳又要往家跑,阿蛋他娘在平车上被挤得左摇右晃。

"俺答①,我要死了,我是不是要死了?"阿蛋他娘疼得不行的时候,还能抽空问李铁生两句话。

李铁生顾不上搭话,大步流星地往前冲,赶到接生婆那儿的时候已经下午三点了。

村长李满经过田里的时候,吆喝了李贵平一句:"贵平,你媳妇要生了,你爹用平车拉着往幺婆那儿去呢,她看起来快不行了。"

---

① 方言,指"爸爸"。

李贵平把东西一扔，踩上布鞋就往幺婆家狂奔，等他赶到的时候，阿蛋已经被抱出来了。

"生了？名字取了没？"李满后脚赶来便问李铁生。

李铁生摇摇头："没呢，要不你给取一个？"

李满看了看孩子："叫阿蛋得了。"

李铁生点点头："那就叫阿蛋吧。"

李贵平轻轻地抱起阿蛋往地上一跪，说对不起阿蛋他娘，说会好好安排她的后事，会好好照顾阿蛋。这时原本安静睡觉的阿蛋，伸出手来扇了李贵平一巴掌。

等到阿蛋他娘躺在平车上好模好样地被推出来的时候，李贵平才意识到他媳妇活得好好的呢，于是李贵平又被李铁生骂了一通，说他一遇着点事儿就犯个窝囊废的样儿。

李贵平气得要死，最后指着李满家的方向骂了一句："龟儿子。"

不过想来阿蛋超乎常人的忍耐力和冷静的头脑，也是从这时候就能够体现出来的。经过一路颠沛流离才生出来的阿蛋，一直都在安静睡觉，一路上不哭不闹，这甚至让村里人一度以为阿蛋是个智障或哑巴。而每每人们议论到这些事情，阿蛋都会冲那些人翻白眼。

阿蛋开口说的第一句话是："龟儿子。"

这是因为李满常来李贵平家拜访，李满说的话从来都是讨人厌的。要么批评人家的摆设，要么批评人家的饭菜，他最常批评李贵平的是说李贵平生了个没鸟用的娃。

每次李满走了之后，李贵平就在家里破口大骂，阿蛋向来是聪明的，不管什么都一学就会。于是，在某个春暖花开、阳光明媚的午后，李满的左脚刚踏进李贵平家的门槛的时候，正趴在地上玩糖泥的阿蛋，冲他奶声奶气地骂了一句："龟儿子。"那以后李满见到李贵平就开始批评他们家的作风，而阿蛋则成了李贵平口中的大有可为的人。

阿蛋大了些也仍旧不爱说话，同龄的孩子还在捏着泥土、采些落叶玩拌饭游戏的时候，阿蛋剃着小平头，穿着大背心已经开始读起了《钢铁是怎样炼成的》。

李贵平家门前有一条小河，河不算深。夏天的时候，以二宝为首的一群孩子喜欢聚集在那一块，要么摸鱼摸虾，要么下去洗澡，只有阿蛋每天捧着书读。不管是真学还是假学，总会引得其他人的不满。于是二宝叫了几个孩子，随便找个由头就和阿蛋扭打起来。

阿蛋的大短裤被撕成了破布条，大背心也开了花。虽然是一群人打阿蛋，但最后还是阿蛋占了上风。因为一群人里，只有阿蛋勇敢地拿起书本砸到了二宝的脑袋上。二宝躺在地上捂着脑袋哭,阿蛋则站在石头上,铿锵有力地训斥起他们来:"瞧见没,钢铁就是这样炼成的。"

再后来,李贵平赔了二宝家五百块钱,阿蛋也成了孩子里的老大。

同样的年纪,阿蛋个头没有二宝他们大,甚至头发都比二宝他们黄,二宝他们表面叫阿蛋老大,背地里说阿蛋营养不良,弱不禁风。阿蛋当然一清二楚,但是阿蛋并不计较,从他们要拉着阿蛋下河洗澡的时候,阿蛋就觉得他们脑子还没开化,跟自己不是一个层次的人。

阿蛋的娘总教育阿蛋要谦虚点,别整天心高气傲,不过阿蛋向来听不进去,因为阿蛋的成绩向来都是班里最好的,四年级的时候阿蛋就已经学会了六年级的内容。阿蛋不仅成绩好,还孝顺,下了学就帮着家里干活。人还没有扫帚高的时候,就已经能扛着竹扫帚把整个家院都扫得一干二净了,可纵使如此,也只有阿蛋的娘会夸阿蛋。

阿蛋的自尊是在初中时突然崩塌的。

那时候快要中考,英语要练听力,老师让大家买了课程回家用电脑跟着练习。李贵平觉得有些贵,但阿蛋缠了他一番后，李贵平还是给阿蛋买了课，但阿蛋家没有电脑，每个休息日阿蛋只能去二宝家借电脑用。

每一次李贵平都会在门口给二宝他爹散烟，再客套地拍上好久的马屁。阿蛋有时会很佩服李贵平，一个人竟然可以一次性说那么多不重样的好话，而阿蛋每次都一个人站在大门口等好久，等到什么时候二宝用好电脑了，阿蛋才能去练听力。

"用吧，好学生，快点啊，别耽误我打游戏。"二宝总爱这么对阿蛋说。阿蛋知道二宝在阴阳怪气，但就算是把李贵平卖了，他们家也还是买不起电脑。人穷就要受些气，遭些白眼，这都是理所应当的。

阿蛋的自信和骄傲就是在二宝一声声的"好学生"，在李贵平一句句对二宝他爹的马屁声中被磨没的。

有一天，阿蛋忽然意识到村镇外的世界很大，大到阿蛋无法想象，大到阿蛋如果不再努力些，是这辈子都看不见的。

聪明的人再努力些，总是轻而易举就能登上顶峰的。以前的阿蛋认为自己就是这样的人，但后来阿蛋意识到自己只是一个普通人。好不容易考上高中的阿蛋，在班里成绩却总是排名倒数。阿蛋相貌平平，早恋都没有阿蛋的份儿，长大后不仅老师看不见阿蛋，阿蛋也看不见自己。

好不容易阿蛋考上了一所大学，李贵平却没钱给阿蛋交学费。

阿蛋一个人走了很远的路才考上了大学，现在阿蛋又要走很远的路去县城里贷款给自己交学费。

"阿蛋，爹最近认识了个城里的老板，要给爹介绍活儿呢，到时候肯定能赚很多钱。"

"那个老板很喜欢爹，说爹是个实诚人。"

"爹算了一下，保守估计年底之前能赚个五万块钱，到时候你那贷款爹给你还。"李贵平这样安慰阿蛋，阿蛋竟觉得也是个办法。

当天晚上，李贵平就到处散布自己被城里大老板看上的消息。村里好多人来请李贵平喝酒，李贵平喝得满脸通红，答应着要把村里的老少爷们儿都介绍去给大老板打工。

阿蛋他娘劝李贵平："你消停些吧，有啥事儿都低调些。"

李贵平一身酒气地躺到床上："你懂什么？"

金桂飘香的时候，阿蛋顺利去上了大学。阿蛋努力学习的时候，还不知道家里发生了翻天覆地的变化。

阿蛋的奶奶生病去世，阿蛋的娘给阿蛋生了个弟，后来又生了个妹。李贵平吃了村里人请的好多次饭，最后收了人家钱说好要带人家去见大老板的，结果大老板当初说的只是客套话。大老板压根不记得李贵平,更没有给李贵平介绍啥好工作,李贵平在村子里的脸算是彻底丢光了。于是整日喝酒不愿出门,阿蛋的娘每天拉扯着两个孩子,还要拼死拼活地做手工活养家。

好在阿蛋争气,大学里自己去找兼职,给自己赚生活费,养活自己,偶尔还能贴补家里。大四那年,阿蛋写的书火了,成了作家,李贵平丢了多年的脸面终于又找回来了。等阿蛋毕业回村的时候,家里堆了好些烟酒牛奶。

"娘,俺家开卖部了?"阿蛋问他娘。

"都是村里人送的,你爹收的。"阿蛋的娘说。

这时候李贵平醉醺醺地从外头回来,看见阿蛋的时候他眼睛都亮了,冲上来搂住阿蛋的脖子。这时候阿蛋已经比李贵平还要高一些了,李贵平搂阿蛋的脖子有些费力了。

李贵平说:"蛋啊,你可真给你爹长脸,他们现在都求爹给他们办事儿呢,你名气大,可得给爹办了。"

阿蛋推开李贵平:"办不了。"

李贵平有些恼火:"我话都说出去了,你不办我脸往哪儿放?"

"放裤兜里,随便你,哪有你这样的爹?拼命给孩子出难题,拦孩子出路。"

李贵平更加恼火:"老子生你养你,从小到大,你要什么我没给过你？"

"我跟你要过啥？是你都给了还是我压根没要？"

李贵平看着阿蛋黝黑的脸，忽然说不出话了。他想了好久，从小到大阿蛋真的没有跟他要过任何东西，或者说阿蛋但凡想要任何东西，李贵平从来都是给不起的。

这么一吵，阿蛋当天晚上就收拾东西离开了家。李贵平满院子骂阿蛋是没良心的畜生，他不知道，畜生阿蛋给他留了三万块钱。

离家后，阿蛋的娘隔三岔五地就给阿蛋打电话。要么是小妹的学费，要么是小弟又要买衣服，再么是李贵平的债主找上了门，总归多数是要钱的。

李贵平不好意思跟阿蛋要，就让阿蛋的娘张嘴要钱。

阿蛋快恨死李贵平，却又每一次都能想到年少时他打坏了二宝的头，是李贵平收拾的烂摊子；每一次都能想到初中的时候，李贵平穿着最破的裤子，觍着脸请二宝他爹给阿蛋用用电脑；每一次都能想到长身体的时候，李贵平三更半夜给阿蛋煮面条，阿蛋没办法恨李贵平恨得那么彻底，所以阿蛋总是一笔又一笔地给家里汇钱。

阿蛋对象对阿蛋说："你家真是无底洞。"

阿蛋和对象分了手。倒不是觉得人家说错了，是阿蛋觉得有了这样的家，自己跟谁成亲都是亏欠人家。但阿蛋不知道爱不仅是常觉亏欠，爱还是不惧亏欠。

李贵平再见到阿蛋，是在阿蛋结婚的时候。这时他没了恼怒，也没了夸赞，和阿蛋之间只剩下了生分。他站在阿蛋身边搓了搓手，不知道该说些什么，想了很久，他决定和阿蛋说说自己的工作。

"阿蛋，爹最近接了个工地的活，保守估计能赚五万块钱。"

说完，他看了看阿蛋，阿蛋点了点头。

"这次是真的，熟人介绍的。"

"哪个熟人？"

"李满。"

阿蛋索性不理他了。

李贵平自讨没趣后回了餐桌。他告诉阿蛋的娘，阿蛋依旧骄傲自大，一点儿没变。

婚后，阿蛋的名气越来越大，大到有记者去村里采访李贵平，摄像机摆到家门口的时候，引得村里人都来围观，李贵平的虚荣心从未如此满足过，他做好了一切准备，记者却问他："你看过李玉老师的书吗？"

李贵平愣了很久："李玉是谁？"

"作家李玉，您的女儿。"

"我的女儿?"

"是的,你的女儿。"

"你说阿蛋?"

"不是阿蛋,是李玉。"

"没有李玉,只有李蛋。"

"她改名了。"

"哦。没看过,讲的什么?"

"讲的女孩成为作家的故事。"

"你说李蛋?"

"不是李蛋,是李玉。"

"哦,书里提到我了吗?"

"没有。"

"哦。"

采访结束,村里的人围上来,夸赞李贵平有本事,养了个这么有出息的女儿。

"俺儿媳妇马上也要生了,女孩。"李满说。

"名字取了没?"李贵平问。

"没呢,要不你给取一个?"

"行,叫阿宝吧。"

## 姐,你睡了吗?

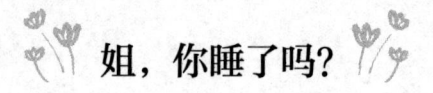

姐,你那里亮堂吗?

今年有没有走到山的那头去?

村头有条河,河边有两个人坐在那里。一个是姜冬喜,一个是姜冬笙。

她们是姐妹俩,每天傍晚,她们都会到河边坐很久。

每次她们刚坐下不久,就会遇见拉着一车废品的张卫国从城里回来,姐妹俩就会跑过去帮张卫国推三轮车。张卫国要是捡到了好东西,有时也会给姐妹俩分一些。

也有好些时候,姐妹俩会抱在一起痛哭,比如今天。

冬喜捂着被她爹踹得生疼的肚子,躺在冬笙的怀里哭,她的眼泪啪嗒啪嗒地掉。她问冬笙自己是不是快要死了,冬笙嗔怪她瞎说胡话。

这时候,冬笙的头发已经被扯掉了很多,她身上刚长好的伤口又结了新疤。

她们俩的伤都是被她们的爹姜力宝打的。

大山里重男轻女,她俩都是女孩儿,弟弟才三岁,弟弟若是哭了一声,错的便是姐姐们。

太阳落山的时候,冬笙盯着夕阳愣神,她问冬喜:"阿妹,你说山那边是什么样?"

冬喜还捂着伤口哭呢,她浑身瘀青疼得要死,没空搭理冬笙的话。冬笙看了好一会儿,又低下头来给冬喜吹吹伤痕。

"好些了吗?"

"没有,疼呢。"

"忍忍吧。"

"我知道。"

河边有一个杂草堆,她们俩就躲在那堆草里,若是天冷,她们就抱在一起,用杂草盖在身上。

和冬笙待在一起的话,冬喜是什么都不怕的,哪怕冬笙要带着冬喜浪迹天涯,冬喜也是愿意的。因为除了冬笙,没人会保护她。

姜力宝偶尔也会出来找她们俩,因为她们俩不在的话,家里的活儿靠她们母亲一个人是干不完的。

于是,草堆外面是姜力宝歇斯底里的辱骂声,草堆里面是姜冬笙软声软语的说话声。

冬笙劝冬喜好好念书,劝她要走到山的那边去。

好多次,弟弟会来找她俩。

三岁的弟弟穿着背心、短裤衩,怀里揣着好些馒头来找她们。找到她们的时候,只是说一句:"姐,吃吧,爹睡着了。"

即使三岁他也明白,等父亲睡着了,姐姐们再回家就不会挨揍了。

他总是跑很久只为捎句话,又一个人跑很久回家里去。他明白要是让他爹看见他和姐姐在一起,姐姐们还是要被打的,因为他爹会说是姐姐们带坏了他的儿子。

看着豆大点儿个子的弟弟,身影一点点消失在夜色中的时候,冬喜会问冬笙:"姐,我们为啥不是男孩儿?"

冬喜想要是男孩儿就好了,要是像她弟一样是个男孩儿就不用被打了。

但冬笙说:"小孩儿都好,是咱爹不好。"

她们就这样相互依偎着长大了。十九岁的时候,冬笙嫁了人,嫁给了村上一家卖猪肉的。

冬笙得了好些彩礼，那些钱她谁都没给，全都用来供冬喜上学了。

冬笙的丈夫对她很不好，总是命令冬笙做好多事情，冬笙的背也好久没有挺直过了。

那时冬笙她弟也长大了不少，他被姜力宝养得白白胖胖的。十五岁的年纪，已经一米八四了。

他三天两头地往冬笙家里跑，他明白他去了那里，冬笙就有底气了。

他去一次，冬笙便能过上两天好日子，他不想再看见他姐身上满是伤痕了。

冬喜十八岁的时候考上了大学，冬笙和她弟来送冬喜出山。

冬笙告诉冬喜："外面亮堂，到了山那边就别回来了。"

她弟看看冬喜，又看看冬笙，眼眶通红。他想，要是两个姐姐都能走出大山就好了。

冬喜告诉他弟要照顾好冬笙，要和冬笙相依为命，不能让冬笙在别人家挨欺负，她弟点头说好。

后来，她弟往冬笙家里跑得就更勤了，冬笙每次都藏得很好，但她弟依旧能发现冬笙身上的伤痕。她弟揪着冬笙丈夫的领子，气得发抖："你要是再敢碰我姐一下，我一定会揍死你。"

后来，冬笙丈夫跑到姜力宝那儿告状，还说要休了冬笙。

冬笙她弟笑着说"好"，却被姜力宝扇了一巴掌。从小到大，那是姜力宝第一次打他。

他明白，在姜力宝的心里名声大过天，冬笙要被困在那里一辈子了。

为了攒钱，冬喜所有假期都在打工，她必须要上出名堂，再赚很多钱，这样才能把冬笙和弟弟接到城里来。

大四毕业那年，冬喜攒够了首付，在城里买了一个三室一厅的小房子。

她要和姐姐、弟弟住在一起，一人一间屋子，往后的日子要一起过，她还给冬笙买了席梦思，听人家说席梦思软和，睡起来舒服。买完她自己躺上去试了一下，确实很舒服，适合冬笙。

冬笙没享过福，从小就睡草堆，有了冬喜后她就把厚草堆留给了冬喜，自己睡薄薄的草皮，隔了件衣服和直接睡在地上没什么区别，她十七岁就弯了腰，驼了背，因为她从小就把弟弟、妹妹背在背上，想把他们送到山对面去。

苦了那么多年，也该享享福了。

可冬笙没能等到享福的那一天，就被打死了。

她弟赶到她家的时候，冬笙已经在床上咽了气。

那天冬笙生孩子，费了好大力气生出来个女孩，她男人喝了酒回到家发现不是儿子，发了好大的火，家里的物事被他摔得乱七八糟，摔碎的玻璃片飞到了冬笙的脖子上，伤到了大动脉，人很快就没了，而那个刚生下来的女孩也跟着没了。

那天，冬笙她弟疯了一样地往冬笙男人身上抡拳头，一拳又一拳，用尽了全身的力气，直到姜力宝赶来把两人拉开，那时冬笙男人已经满身是血了。

两家人都忙着给冬笙男人包扎，上药，安慰，只有冬笙她弟抱起了床上的冬笙。

"我姐我带走。"

冬笙她弟把冬笙和她的孩子埋在了小时候他们常去的河边。

原先那个草堆，现在成了小小的两座坟。

冬喜回到山里，找到的只有河边的两个小土堆，那是二十五岁的冬笙和半个时辰大的外甥女。

冬喜窝在她弟怀里哭:"弟,你看啊,咱姐怎么就变得这么小了?"

回忆里冬笙的眼神总是那样悲凉,像是刀子插在她的心上。

原来真的有人从生到死一天福都没享过。

往后的日子里,冬喜带着她弟搬到了城里,那床席梦思也一直都给冬笙留着。

每年回去给冬笙烧纸的时候,他俩总是有流不完的泪,他们总是有好多话要问冬笙,而问得最多的无非就是那几句——

姐,你今年几岁了?有没有住上好房子?

姐,你还总被打吗?新的伤口有没有结疤?

姐,你那里亮堂吗?今年有没有走到山的那头去?

# 太阳掉了

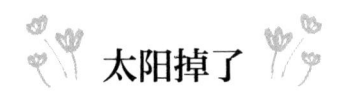

"你知道什么是死亡吗?"

"知道。"

"死亡就是错过,错过就是再也不能见面。"

苏北干旱,风沙肆虐。

每年春天时,苏北便开始刮风,大风吹过屋顶的时候,总会发出"呜呜"的声音,像是厉鬼撕心裂肺的呼号。

甚至有时候,风会从白天刮到黑夜,一直不停。

风会刮倒小树新长出来的枝丫,刮歪大排档老板遗忘在店外的老旧皮沙发,刮伤人们黢黑的脸颊,刮飞张有亮用来夹住刘海儿的粉色发夹。

大风对张有亮来说,是放飞灵魂的帮手,是自由的出口,也是他实现梦想的唯一契机。

因为张有亮脑子有病，他的智商只停留在七岁。

即便是九岁的钱多宝站在二十七岁的张有亮面前，张有亮也能喊他一声大哥。

钱多宝是个钱多但胆小的宝宝，他今年上三年级，因为性子软还胖胖的，所以没什么朋友，还总是被欺负。

不过钱多宝从来不会发火，因为他有心没胆。

但有时被气急眼了，他就会去找张有亮，等到张有亮用那有力的大嗓门嘹亮地喊他一声大哥的时候，钱多宝的虚荣心就会被满足，他便会慷慨地分享给张有亮一根他的辣条。

但钱多宝不是白给张有亮当"大哥"的，他会尽到当大哥的义务。

比如他时常会带着纸笔来教张有亮写字，张有亮说他不会写字，钱多宝就说画也行，能大概辨认出来就好。

钱多宝还对张有亮说，只要学会画字，以后遇到重要的事就能记下来，不会被忘记。

他还说他和张有亮是好朋友，他们要互相帮助。

每天傍晚，张有亮都会搬着板凳坐在门前看夕阳。

张有亮家门前很开阔，视野也很好。在这里，他可以看到他想看到的一切。

张有亮家门前是一条横向的水泥路,路边种了一棵巨大的洋槐,以前洋槐开花的时候,张有亮的母亲会给他做洋槐糕吃。

顺着路再往前看是一条更长的纵向的泥土路,路两边是麦田。每年麦子成熟时,大风吹过会飘来阵阵清甜的香气,那是张有亮最喜欢的味道。

再顺着泥土路往前看,是一座座连绵的小山,山不算高,云很低,看起来就像是要从天边坠下来一样。

而太阳下,有一个巨大的白色风车,风吹一下,风车就会转动一圈。

张有亮不知道那是用来做什么的,钱多宝告诉他那是用来发电的,有了风车才有电,闷热的夏天才能有风扇吹风,这样人们才会觉得幸福。

张有亮若有所思地点点头,原来风车多转动一圈,人们就会多幸福一点。

他就这样坐在板凳上看着云飘来飘去,再看着夕阳一点点地落到山后面去。

但自从张有亮认识了钱多宝后,他便会搬两把凳子,另一把留给放学的钱多宝。

每天张有亮都会告诉钱多宝："大哥，太阳掉了。"

钱多宝总会整理整理自己的衣角，再看看自己会发光的奥特曼手表，然后语重心长地告诉张有亮："小亮，已经六点了，太阳也该掉了。"

张有亮点点头，问道："那太阳什么时候会出来呢？"

钱多宝又看看手表，说："等天亮了就会出来，这是它的工作，大家都是要认真工作的，太阳也不例外。你放心吧。"

等到太阳彻底落山，黑夜降临的时候，钱多宝就要回家了。

这时，他便会让张有亮送他回家："小亮，送大哥回家。"

张有亮指了指他家隔壁的那个房子："就在那儿，自己回去。"

钱多宝站起来，擦了擦自己的皮鞋："小亮，我是大哥，你得听我的，不然明天不让你当我小弟了。"

张有亮瞬间不敢说话，只得起身送他回家。

他数过的，从看落日的地方到钱多宝家门口一共十七步路。

等到了钱多宝的家门口，张有亮立刻拽住钱多宝的小肉手："大哥，送我回家，我害怕。"

这个时候，钱多宝便会摆出真正的大哥架子来："小亮，自己回去，你要勇敢，你已经二十七岁了，不是小孩子了。"

张有亮踌躇了很久，一直不动，钱多宝见状，说道："你看天上的星星，那些都是你死去的亲人变的，他们会保护你的，你别怕。"

"人死了都会变成星星？"张有亮有些不解。

"是的。"钱多宝点点头。

"你也会，我也会？"张有亮追问。

"对，我们都会。"

"那我们怎么联系天上变成星星的人？"

"告诉风，风会把消息吹给他们的。"

"哦，那……"

"那就快回家吧，我要吃饭了，小亮听话。"

张有亮只得作罢，可张有亮还是不敢回家，于是钱多宝就在家门口给张有亮举着手电帮他照明，钱多宝也数过的，从他家到张有亮家一共九步路。

张有亮父母去世早，他是跟着奶奶长大的。

他的奶奶今年已经七十岁，老掉牙了，这并非是夸张的说辞，因为他奶奶的牙真的已经掉光了，医生说是老人家到了一定年纪，牙齿便会自然脱落。

张有亮不会做饭，他奶奶也做不动饭了，不过好在他们碰上了一群温暖的邻居，每天晚上都有人做好饭菜给他们送来一些。

张有亮吃饭从不挑食，不过他唯独不喜欢后排林悦做的饭，因为林悦做的饭总是黑乎乎的一片，不是煳了就是酱油放多了，总之很难吃。

这时，奶奶总会语重心长地劝他："小亮，要有感恩之心，不要挑三拣四。"

说完，她会尝一口林悦做的饭，然后"哕"的一声吐出来，再然后她会让张有亮去钱多宝家借些饭吃。

张有亮接到指令，敲开钱多宝家的门："大哥，我来讨饭。"

钱多宝一把捂住张有亮的嘴巴："怎么能是讨饭呢？跟流浪汉一样。"

"我奶叫我来的，我奶就是这么说的。"

"那也不能叫讨饭，叫蹭饭。"

张有亮委屈巴巴道："哦，我饿了，我要吃饭。"

钱多宝无奈地摸了摸张有亮的脑袋，然后拿出一堆碗盆，挨个儿给张有亮盛满了菜，然后放到张有亮的怀里："小亮，不够再来，哥还有。"

每次，张有亮抱着饭回家的时候，通常会遇到出来倒剩菜的林悦。

林悦穿着粉色小猫的围裙，灰头土脸地拿着锅往垃圾桶里倒剩菜，而张有亮抱着饭菜和她对视的时候，两人通常都要尴尬很久。

其实，按照张有亮的智商来说，他并不知道什么叫作尴尬，他只是觉得此刻要是没遇见林悦就好了。

林悦总是会先开口说话："张有亮，对不住。"

张有亮会说："没关系，我没事。"

这是钱多宝教张有亮的，如果别人说"对不起"，自己就要说"没关系，我没事"；如果别人说"谢谢"，自己就要说"没关系，应该的"；如果别人说"你给我等着"，这个时候自己就要说"警察来了！"，然后转身就跑。

张有亮觉得钱多宝的话向来是没有什么错处的，钱多宝说什么他都相信，因为钱多宝是他最好的朋友。

但林悦听完张有亮的话会心生愧疚，然后回去更加苦练厨艺，练好了再送来给张有亮吃。可张有亮和他奶奶还是觉得难吃，于是张有亮又要去钱多宝家借饭吃，这是一个没有尽头的过程。

当然，如果有意外出现的话，那这个循环是会被打破的。

而钱多宝就是这一环的意外。

不知从哪一天开始，钱多宝开始变得食欲不振、不爱吃饭。他在学校总是说自己肚子疼然后要求母亲把他接回家，回家后总要去诊所挂水才能稍好一些。

他的父亲很早就离世了，母亲也很忙，好多次都是张有亮陪他去医院。

钱多宝个子还小，要费很大的力气才能坐上医院的凳子，张有亮就会坐在他的旁边，医院对面就是学校，透过医院的大玻璃门能看见操场上玩耍的学生。

"上学真好，对不对？"钱多宝问张有亮。

张有亮没上过学，也不懂上学是什么感觉，他只能摇摇头说："不知道。"

钱多宝靠在张有亮的肩膀上，鼻子堵堵的："要是上学没人在背后说我就好了，要是能一直上学就好了。"

张有亮呆愣愣地转过头来看看钱多宝，他才发现钱多宝瘦了很多："你吃了林悦的饭吗？"

钱多宝摇摇头。

"你瘦了。"张有亮说道。

"因为我吃不下饭了。"钱多宝看了看张有亮，他眼睛亮亮的，睫毛长长的，他问张有亮，"小亮，我要是不在你身边，你怎么办呢？"

张有亮摇摇头："我会去找你。"

钱多宝是在一个夏天被送进医院的，那时候乡镇上的医院已经看不了他的病了，他要转去县城里的医院了。

钱多宝离开乡下的那一天，好多人去看他，连以前说他坏话的那些人都来送他，钱多宝躺在救护车上看着周围的人，那些小孩一个个的泪眼婆娑地对他说对不起。

钱多宝躺在担架上，眼泪顺着脸颊滑到发丝里，他摇摇头："别道歉，我不想原谅你们。"

想起那些漫长难熬的日子，他绝对不能原谅这些人，死也不能。

一层又一层的人群中，钱多宝看见了站在不远处的张有亮，张有亮拿着纸和笔用力地在画着什么东西，钱多宝还想和他打招呼，但救护车已经关上门开走了。他只能在心里默默地跟张有亮告别。

"再见了，张有亮。"

后来，钱多宝开始不停地呕吐、腹泻，成宿成宿睡不着觉，原本一百多斤的小胖子很快瘦得只剩下五六十斤，活像一根甘蔗。

他妈妈每天变着花样地哄他开心，一开始他还能硬撑着笑一笑，但很快他连笑都笑不出来了，因为化疗太疼了，疼得他一天要晕过去好多次。

昏迷中，他好像看见了张有亮。

"大哥，我来了！"在梦里，张有亮这么喊他。

张有亮喊了很久，也不知道喊了多少声，总之钱多宝终于醒过来了。

而钱多宝醒来后才发现，那不是梦，张有亮真的来医院找他了。

钱多宝一下子哭了起来："那么远的路，你自己怎么找来的？"

这时候，张有亮从口袋里掏出了一张纸，纸上面写着医院的名字。

钱多宝想起来了，他知道他离开乡村的那天张有亮在忙着干什么了，原来张有亮在忙着画救护车上医院的名字，他大概是和他奶奶拿着这张纸一路走一路问，才找到了这家医院。

钱多宝顿时哭得更厉害了："小亮，你说话真的算话，你真是个男人。"

张有亮点点头:"对,我是男的,你什么时候回家?"

钱多宝摇摇头:"我不能回家了,小亮,我以后……都不能回家了。"

张有亮点点头:"行,那我还来找你。"

钱多宝也用力地点了点头。

那以后,张有亮每来一次,就会发现钱多宝变得更瘦一点。

有一次他说:"大哥,我差点认不出来你了。"

钱多宝说:"怪我病得太重了,对不起。"

张有亮摇摇头:"没关系,我没事。"

钱多宝哭了起来,但他没有力气,只能流眼泪。


终于有一天,张有亮来到医院的时候,钱多宝的病床空了。床被收拾得干干净净,像钱多宝从没有来过一样。

张有亮不知道钱多宝去了哪里,他只能坐在钱多宝的床上慢慢地等。

他不认识字,也不太明白别人说的话,要是钱多宝在的话还好一点,钱多宝说的话张有亮一听就明白。

他从白天坐到傍晚,又从傍晚坐到晚上。直到有个医生来巡房，才注意到坐在床边的张有亮。

"你在这儿干吗？"

"等我大哥。"

"谁是你大哥？"

"我大哥就是我大哥。"

"你说之前住在这张床上的小朋友吗？"

"嗯。"

"他去世了，一周前。"

"什么叫去世？"

"就是死了。"

"什么叫死了？"

"死了就是死了。"

"那我去哪里找他？"

"找不到的。"

"为什么？"

"因为他死了，错过最后一面，你就再也见不到他了。"

"哦。"

张有亮收拾好自己的东西，把那张已经被揉捏得快要烂掉的纸条，塞进了衣服的口袋里，吸了吸鼻涕，迈着大步离开了医院。

从乡镇到医院的路张有亮已经来回走过了好多次，熟悉到闭着眼睛他都能找到家，但现在天已经黑了，没有车，他要走上一天一夜才能到家。

他问医生要了一瓶水后，坐在路边，等着天亮。

他数着天上的星星，从第一颗数到第一百零一颗的时候，林悦出现在了他的面前。

"挡住了，看不见星星了。"张有亮有些生气。

"你也等车？"林悦在他的身边坐下。

"没车了，我在等天亮，过去一点，我看星星。"

"小宝死了。"

"医生告诉我了。"

"你知道什么是死亡吗？"

"知道。"

张有亮转过脸来看着林悦："死亡就是错过，错过就是再也不能见面。"

盛夏的风裹着热气，总要等到后半夜才能有些凉意。

他们俩在路边坐了一整夜，当公交车停到两人面前的时候，他们才惊觉已经是新的一天了。

张有亮上了公交车，他想拉林悦的时候，才发现林悦在和他挥手。

钱多宝教过他的，挥手就是再见的意思，要说"下次见"。

林悦说："我要去别的城市打工了，我不和你一起回家了。"

张有亮举起手，也冲林悦挥了挥，说："下次见。"

就这样，林悦单薄的身影消失在了张有亮的眼睛里，也消失在了他以后的生活里。

公交车在泥土路上一路颠簸着回到家，张有亮下车的时候已经要吐了，他冲回家喝了口水，硬生生把那股恶心的感觉憋了回去。

这时已经是下午了，他们家又该吃饭了，但张有亮晕车，有些吃不下。

他搬了两个板凳去门前看落日，还有一个是给放学的钱多宝的。

黄昏时分，整片天空都是橘红色的，夕阳像是刚从橘红色的染缸里捞出来的一样，很快，夕阳一点点隐没在了山的背面。

张有亮说："大哥，太阳掉了。"

许久，有风吹过来，他看了看时间："已经六点了，太阳该掉了。"

## 一生悬命

后来，那间小小的地下室里，又只有我一个人了。
我偶尔会望着家里的衣柜愣神，
那里站着一生都在被抛弃、疲于奔命的伏生。

如果想找到我和伏生，你要顺着那条老旧的、七扭八拐的巷子一直走到尽头，这时你会看见一家小卖部，再顺着小卖部左拐下楼梯，就能看到一间地下室。我和伏生就在这里。

地下室的门上有一把锁，但那把锁其实没什么用，稍微使点劲就能打开，那扇门也很破旧，看起来风一吹就要倒了。

我们的房间通常是不会开灯的，地下室里一片漆黑，门口杂草横生。这里看起来不像是有人居住的样子，但我和伏生确实就住在那里。

遇见伏生是在 1996 年的春天。

那时遍地都是碧绿的草木，桃花开得正旺。我家门前有一个大缸，以前是用来储水的，通了自来水之后，那个缸就用来种睡莲、养金鱼。

平日里，那条金鱼在水中静得就好像死了一样，不仔细看的话，没人会发现那里还有一条金鱼。

伏生来的那天，那条金鱼忽然从缸里跳了出来，啪嗒一声，重重地摔在地上。伏生把它捡起来重新放回缸里，但后来金鱼还是死了，大概是困在一隅，它早就不想活了，伏生也救不了它。

记得那年，伏生穿着干净的白色衬衫站在我家门前，他挽起袖子、弯腰捏鱼的样子，到如今我都能记得。

"我叫伏生，是你的哥哥。"

那年伏生十五岁，是后妈带来的孩子，父亲和后妈要伏生照顾好我，伏生没有拒绝。

后来，那个原本终日寂静无声的地下室，偶尔竟也会传出孩童的嬉笑声。

花朵盛开的季节，伏生会带我去抓蝴蝶，他用破渔网给我做了一个小网兜，说："用这个一定能抓到。"

我和伏生拿着玻璃瓶去花丛里捕蝴蝶，通常一个下午，我们能抓到七八只蝴蝶。

最常见的是白色的蝴蝶,偶尔也会抓到漂亮的蓝色蝴蝶。

蝴蝶在玻璃瓶里扑腾挣扎,一下又一下地撞击瓶身,直到耗尽所有力气。

"玩够了就把它们放了吧。"伏生对我说。

我听伏生的话,打开瓶盖,蝴蝶便接二连三地冲了出去。

"蝴蝶还是要停在花上才好看。"

"蝴蝶会感激我们给它们重生的机会的。"伏生笑着说。

我摇摇头:"它会恨你的,如果不是你,它不用重生的。"

缱绻的蝴蝶,总要在最后一个春日到来前为夏日献祭,它们本就活不久,这不怪伏生。

我们的父亲是个不务正业的人,整日顾着玩乐,后来欠了好多钱后独自逃跑了。三天两头就有人堵上门来要债,每每这时,我和伏生便躲在衣柜里,听着外面混乱的吵闹声,瑟瑟发抖。

住在地下室的日子终日不见阳光,不仅人活得像个吸血鬼,连木质衣柜都散发出腐败气味。我呛得难受,就靠在伏生的肩上,他爱干净,身上也有好闻的洗衣粉的味道。

躲在衣柜并不是长久的办法,我们总是很快就被找到。

伏生为了保护我，总是被打得直不起腰。他瘦削的背上总是有各种各样的疤。

没有人会来拯救我们的，我们是被世界遗忘的尘埃，就像死水里的金鱼，早晚都要窒息。

后来，就连后妈也卷了我家仅存的一点点积蓄，独自离开了。

后妈走的时候没有带走伏生，直到那时，我才知道伏生也是被领养的。

我说："以后就剩我们俩了。"

伏生说："有我呢，别怕。"

十五岁的伏生为了养活我，便开始打工。他是个聪明又很能吃苦的人，脏活儿累活儿他都能干。刷碗、拖地、洗衣服、修手机、修电脑、卖二手货，他什么都做得来。

那时的他有一米七的个子，却连一百斤都不到，比我还瘦，风一吹就好像能把他吹倒。

我心疼地对他说："伏生，歇一歇吧。"

伏生却总是笑着叫我好好念书。

1997年的伏生，只希望他的妹妹能活下去。

而我十八岁那年，伏生也停留在了十八岁。

他是被别人打死的,只因为偷了一个鸡腿——他是偷给我吃的。

那年伏生生了病,已经没有办法打工了,他身体瘦弱得不成样子,我把学校每天发的牛奶带回来给伏生喝也没有用。

我让他去医院看看,他也不愿意去。我说想休息一段时间陪他治病,他气得从床上滚了下来,要我一定好好学习。他说,我们俩总得有一个出人头地,不能一辈子都躲在阴沟里。

他没钱又想对我好,只有这个蠢法子。

打他的人大概也想不到,这世道还有人穷得连饭都吃不上,也不会想到伏生竟然这么虚弱,踹了一脚就死了。

那天,我的嗓子都哭哑了,伏生也没能最后再看我一眼。

后来,那间小小的地下室里,又只有我一个人了。

我偶尔会望着家里的衣柜愣神,那里站着一生都在被抛弃、疲于奔命的伏生。

我也时常想起十五岁的伏生。

那是1996年的春天,他穿着白衬衫,脊背挺得笔直,干干净净地站在门口,笑着让我喊"哥"。

于是,我们在鲜活的回忆里对视,隔着三万万天。

## 她一定受了很多苦吧

*年幼的我要拎着很重的书包，*
*一步一步往前走，*
*身后是数也数不清的烂事，*
*身前是怎么都看不到头的明天。*

顺着那条山路一直走，走到无路可走的时候，站在山顶，就能看见山坳里有一间房子。

房顶是红色的，墙壁是蓝色的，如果恰逢吃饭的时间，你会看见门前有一个老人在敬灶神。那人是我外婆，她说对灶神要恭敬，这样才有饭吃。

但我不信这个说法，我不是不信灶神，是不信我外婆，因为她并不疼我，对我也不好，她说的话，在我看来都是为了哄我听话。

从我记事的时候开始,我、我哥,还有我外婆就一直住在一起。

但我讨厌他们俩,因为他们俩无论什么时候,总是在一起。

就比如好久以前,我们上学的时候要走过一段很长的山路,那时外婆会牵着我哥的手走在前面,从来不管身后步履维艰的我。

年幼的我要拎着很重的书包,一步一步往前走,身后是数也数不清的烂事,身前是怎么都看不到头的明天。

那时我踩着山路想:我总有一天要走出去,离开大山,再也不要回来。

山里空气清新,草木也长得飞快,我们家很穷,靠卖木头和鸡鸭过活,空闲的时候外婆会去捡破烂来贴补家用。

我砍不动树,也背不动木头,只能每天下了学去山上砍十斤猪草,风雨无阻。

我那时想,纵使我再讨厌外婆和我哥,他们俩仍旧是把我养大了,还让我上了学。若是今后要走,我总不能亏欠他们。

我从山上滚下来是九岁那年,那天风大,晚上又下了大雨。我上山的时候还好好的,下山的时候却下起大雨,导致迷了路，我的脚底一个打滑，整个人便从山上滚了下来。

后来想想那并不能叫从山上滚下来，因为从山头到山脚不过就两米的距离。那时的我们大概是年纪轻，距离和痛苦总要被放大许多倍。摔倒后我慌了神，坐在地上一直哭，大雨不停地下，很快就把我浇透了，我把好不容易割来的一筐猪草护在怀里，想着大概要死在这里了。

我在想世界上是不是真的有阎罗王和黑白无常，如果有的话，我已经准备好迎接他们了。但在过奈何桥之前我一定要告诉他们，下一世我不想再生在大山了。

可不幸的是我没有等到黑白无常，反而等到了我的外婆。

外婆跟跟跄跄地从远处跑了过来，裤腿上都沾满了泥水，连鞋子也没穿。

她把我拽了起来，让我转了几圈给她看，我照做之后，她就开始骂我，说我笨，快要下雨了都看不出来，还要往山上跑。

我觉得委屈就和她吵了起来："不割猪草，哪来的钱？"

外婆将我甩开："缺你钱花了吗？你有九条命？"

我仍记得她那时的模样，裤腿卷过膝盖，棕色格子衬衫上打了好多个补丁，蛮横地走在我的前面，从怀里掏出一顶帽子盖在了我哥的头上。

我背着猪草颤巍巍地跟在后面，倘若她在找到我之前就把那顶帽子给我哥戴上，倘若她找到我后把那顶帽子给她自己戴上，倘若那顶帽子谁都不戴，我想我之后定然也都不会对她有那样大的怨气。

我不怨她疼我哥，我怨她只疼我哥。

我们就在这样对彼此的怨怼中生活着。

十八岁那年，我没能考上一所好的大学，只考上了普通二本。其实我没打算再继续上学，我觉得还不如早些打工，挣钱养活自己。

我也没打算和他们商量，我想我有自己做决定的权利，于是我在一个夜晚拿出大学录取通知书，准备偷偷烧掉。

但我刚拿出打火机，就被打着哈欠刚从茅厕回来的我哥看见了，他一把夺走我的通知书，一只手举着，一只手逮着我不放，嘴巴还不断地大喊，叫外婆过来。

不一会儿外婆披了件外衣，拿着菜刀走了出来。

"怎么？你还要杀了我不成？"

"家里进贼了？你鬼喊什么？"

"她不想上大学了！"

最终，外婆夺走了我的通知书，塞进了自己的裤腰带里。

那天晚上，她找了根绳子，把我们的手腕绑到了一起。

第二天，她从藏钱的铁盒里掏出一把碎钱，买了最早的车票带我去了录取的大学报到。

我甚至行李都来不及准备，抱着通知书和一个枕头就进了学校。

那一刻，蓬头垢面的我恨透了我外婆，她总是这样随意主宰我的人生，她总是无条件地偏向我哥。

她风里来雨里去地送我哥读了十六年的书，我哥说不上就不上，说打工就去打工，他想干什么就能干什么，只有我不行。

但我改变不了任何事情，我只能下定决心好好读书，再也不回大山。

读大学的时候，我哥来看过我几次，他总穿着不同的工作服，连夜赶来给我送钱后又匆匆离去，甚至来不及听我说完话。

大一寒假，同学都回家过年了，人群散去，只剩我一个人的时候，我忽然很想念那座大山，我竟萌生出一种回去过年的冲动。

也是那时候，我哥又来了。

他这次又换了不同的工作服，我看见他干裂的手掌和起皮泛白的嘴角——他过得很辛苦。

他塞给我一沓钱，要我好好学习，这辈子都不要再回大山了。

嘱咐好我，他很快又匆匆离去。

但没有不回家过年的道理，我还是坐上了回山的车。

大山静默，流水无言，这里一年四季都蓊蓊郁郁，下了山顺着山路一直走，很快就能看到家了。

家里房门紧闭，门前的灶神上积了许多灰。

我在门口徘徊许久，不知该如何叩响归家的大门，更不知见到外婆后要说些什么。

想到最后，我还是决定什么都不说了，先开口的难题留给外婆算了。

我整理好衣服，深呼一口气，终于在犹豫了数十次后敲响了大门。

但大门没有给我任何回答，我稍稍用力才惊觉大门本就没关。

院子里长满了杂草，桌子上布满灰尘。

这里，已经很久没人住过了。

那我外婆呢？她住在哪里？

邻居说外婆早就死了，就埋在西边的山上，但我并不相信，她的身体向来很好，骂我的时候都有力得很。

可我最终还是去了西山，也终于在日落时分找到了那个小土堆。

我走到埋葬着她的土堆前，亲眼看到她的坟墓，才相信她真的被埋进了土里。

那一年的末尾，我第一次尝到了生离死别的滋味，眼泪流进嘴里的时候，我才明白原来那么多年以来，我其实并不恨她。

除夕那天，我做了满满一桌子菜，打电话给我哥。

"哥，你啥时候回来？你还会回来吗？"

时隔多年，那是我第一次又叫他哥。

电话那头沉默许久，随后说道："快到了。"

那天我哥喝了很多酒，也啰里巴唆地说了很多话。

他说外婆嘴硬心软，她最疼我，却从来不说。她总是看起来刻薄绝情，但她满脑子都想让我过得更好。

他说那年大雨，我去山上割草，外婆便在我身后跟了许久，只是转个身的工夫我就不见了，她找了好久没找到，吓得回来拽起了我正在发高烧的哥哥。

于是一个老人带着一个正生病的孩子，找了我整整两个小时。

我哥说那顶帽子是外婆捡破烂的时候捡来的，我哥生病了才给他戴上。

他说外婆一早就打算不让我哥念大学，她不想让我像我妈一样离开男人就活不了了，可她只能供得起一个人上学，她觉得心中有愧才总把最好的都给我哥。

他说他给我的那一沓钱是外婆捡垃圾攒下来的，她小气了一辈子，舍不得花钱，连棺材都是靠自己砍柴做出来的。

我哥说这么些年，谁都能怨外婆不好，只有我不能，因为这么多年，只有她真的在为我铺走出大山的路。

这时我才想起来，外公在外婆二十岁那年就抛妻弃子，下海经商了，留下她一个人孤独地活了六十年。

一米五二的小老太太，一个字都不认识，一辈子都没出过大山，是怎么把妈妈和我们拉扯大的呢？她一定受了很多苦吧？

我说，偏心眼儿的老太太，到死都不愿见我一面。

我哥说，外婆到死都不敢让走出大山的我再回来。

可我怎么能不回来呢？这是我生长的地方，是我再熟悉不过的地方。

你看,顺着那边的山路一直走,走到无路可走的时候,站在山顶,就能看见山坳里有一间房子。

房顶是红色的,墙壁是蓝色的,在很久以前,如果恰逢吃饭的时间,你会看见门前有一个老人在敬灶神。那人是我外婆,她说对灶神要恭敬,这样才有饭吃。

而现在,抬头往西边看,高高的山上有个小土堆,我的外婆现在就住在那里。

## 回来吧,李春花

*李春花依旧很忙,*

*忙得让我们总是在错过。*

根据李春花的描述判断,那个冬天应该很冷,李春花在门口种了好多年的柿子树,就是在那一年冻死的。至于鸡鸭,更是冻死了不少。而我妈把我扔到雪地里的时候,李春花差点没找到我,因为那年的雪太大了,用姚鼐的话来说,就是"雪与人膝齐"。

那时候的我刚出生没多久,甚至都没有人的膝盖长。李春花说,得亏我妈扔我的时候裹了一个大红色的包被,让她在皑皑白雪中发现了我。等李春花抱着快要冻僵的我回家时,我那狠心的妈早已离开,她带走了李春花所有的财产,甚至连米面都没有留下。

李春花说我要好好感谢羊圈里的母羊，因为那天家里什么吃的都没有，我是喝了羊奶才活下来的。我由此判断后来不大爱吃荤菜，大概也是小时候羊奶喝多了的原因。

那几天，李春花到处借钱，寒冬腊月里，她抱着我在火堆前一坐就是一整天。

长大后，我说她太笨了，找块板子把我放上去，架在旁边就行了。这时的李春花扯扯她的头巾，抿抿唇说不是她笨，是怕我死了。

想来也是，只有半条胳膊长的我，在那样恶劣的环境里很容易死掉，李春花能把我养活是有些不容易的，不过能从李春花手里活下来，我也确实命大。

比如说，约莫四五岁的时候，李春花带我去澡堂洗澡，一进去就把我扔到大池里了，说是泡一会儿好搓灰，但是那天她遇见了李金花和许兰杰，她们三个人就叽里呱啦地说了起来。她忘了那时候我还很小，脚都够不到地，我就那样在水里挣扎，许兰杰还夸我活泼好动。如果不是李金花看见我翻白眼，把我捞了上来，我想我早就和祖宗们团聚了。

再比如说八岁那年，春花、金花、兰杰三姐妹决定给他们的孙子、孙女吃些好的，于是三个老太太骑着许兰杰的三轮车,去买了些虾回来烧。

那天的虾烧得的确好吃,不过我的嘴也的确肿得很大。

我说我有些不舒服,许兰杰嘎嘎乐,说我是苦惯了,吃点好的胃就不舒服。李春花听完深表赞同,还心疼地掉了两滴眼泪。

后来,我的嘴越肿越大,脸也肿得像猪头,浑身都红透了,金花奶奶终于发现不对劲,抱着我就往医院冲。就这样,金花奶奶又救了我一次。

虽然生存的道路坎坷,但好在我也顽强地长大了。

李春花给我取名叫李大志,说我以后肯定能有本事,样子随她,单眼皮、鼻梁有驼峰,看起来不显老,我的眼睛确实和她有些相似。

李春花每次喊我名字的时候都很大声,她嗓门本来就很大,再故意用力,声音简直如同壮牛。我想,等到李春花八十岁了,估计也可以声如洪钟。

她的笑声更是如同喷泉,每次念叨我名字的时候她就哈哈大笑,倒不是感慨她的孙儿终于长大了,而是感慨自己真是个天才,竟然能想出这样充满才华和诗意的名字。

李春花不识字,平日里靠卖花生过活。每天放学,王福星要帮许兰杰收拾废品，赵小宝要帮金花奶奶做手工活，我则帮李春花剥花生。

我们三家住处离得近，所以每天放学，我都能听见赵小宝和王福星的拌嘴声。无非是赵小宝说王福星长得像乌龟，王福星说赵小宝长得像蛤蟆之类的事。

我比他们大两岁，和他们玩不到一起去，每次只是听着他们吵闹。有时候我会想，这样也挺好，要是一辈子都这样就更好了。

坐在墙根陪李春花剥花生的时候，我容易犯困，困得歪七扭八的，就总会把花生壳和花生米放错位置，李春花总是批评我："目标明确，找准位置，凡事认真才不会出错。"

我自然是听不进去的，因为我看似坐在墙根，其实魂已经飘去梦里了，只剩下手指在机械地剥着花生。

李春花生起气来，捶我一拳："李大志同志，你意志不坚定！"

如果困急眼了，李春花就会扯着粗哑的嗓子给我唱歌儿听。她最喜欢唱的是《山歌好比春江水》，由于唱的次数太多，现在我依旧能清楚地记得歌词。

山歌好比春江水

不怕滩险弯又多

弯又多

起起落落漂泊

走不出冬夏

终究念念不忘

这是我的家

…………

即使后来我长大了,念念不忘的也仍是那个有李春花的家。

从小时候起,李春花就教导我做人要诚实,要想得开,要爱国。她总给我讲红军的故事,讲我们的国家有多么不容易;讲那漫漫长征路走了多久;讲那依依青山下埋葬着多少烈士忠魂。

我问她:"可为什么俺们还是快饿死了?"

李春花说:"我们已经过得很好啦,人要知足。"

以前,我不明白李春花一个目不识丁的人,咋会知道这么多关于过去的事,后来我才知道,我的爷爷是红军,是那埋葬在青山下的忠魂。

李春花的手因为常年剥花生,出现了很多裂痕。那些裂痕细短却密集，一条条裂痕长在李春花的手上，是金钱，是岁月，也是苦难。

后来我上了高中，学费贵了些，买的书籍资料也变多了，李春花也就更忙了。

后院的花生卖的钱已经难以支撑读高中的学费，于是李春花开始起早贪黑地在前院开辟出来一块地，种上了油菜花，等到春夏之交的时候也能卖些钱。

李春花把那些油菜花打理得很好，总是长得高高壮壮的，从不会有病秧子，更不会东倒西歪，每年开的花也总是鲜艳好闻。那么好的李春花，种出来的花也都是好的。

李春花没有那么多赚钱的头脑，她就只能占体力上的便宜。

那时候她常常熬到半夜剥花生，凌晨四点多又起床拿到集市上卖。我不知道凌晨一点睡，四点起的生活，她到底是怎么适应的。

她说不用担心，老人本来就觉少。我观察过许兰杰和金花奶奶，似乎确实是这样。

李春花有个小铁盒，里面已经存了好多钱。

我不想李春花那么累，好多书都找同学借着看，我想我是块金子，咋着都能发光。但李春花不这样认为，她觉得我那么聪明，啥都该用最好的。所以那时候小孩儿时兴的玩意儿我全都有，什么珍晶果饮料啦，什么自动铅笔啦，什么翻盖文具盒啦，我全都有。

赵小宝羡慕得很，总缠着金花奶奶也给她买。

我读高中的那三年，村里的老人们都帮了我家不少。

许兰杰的家门前有一棵石榴树。我要高考的时候，她会把最大、最甜的石榴都拿来给我吃。金花奶奶的儿子、女儿从城里回来带来的牛奶和好东西，也都会紧着我先吃。

那阵子许兰杰和金花奶奶还闹过别扭，我生怕她们再也不来往了，但李春花说她俩都是嘴硬心软的人，不会僵持太久的。

大学假期我回家烧纸的时候，她们俩确实又好得和一个人一样了，我觉得李春花像神，说的事儿总是准的。

那几年，李春花老得很快，背也驼得吓人。

她每天晚上回家的时候总是步履蹒跚，我总担心她病了，要陪她去医院，可她总不去，见着我就咧嘴笑笑说自己没事，我催得紧了她还要生气。

我读高三那年的冬天，李春花破天荒地买了一箱烟花回来，她说今年放个烟花，来年能考个好学校，算是个好的寓意。

那些烟花一个接一个地冲向天空,然后砰的一声在天空中炸开。

"砰!"

"砰!"

"砰!"

"砰——"李春花也是这样砰的一声从楼上摔下来的。

警察让我去认人的时候,距离高考时间只差一个月。

李春花是从工地的楼上摔下来的,人当场就没了,我去找她的时候,已经看不出她本来的样子。

那时风吹带的任何味道,我已经闻不到了,周围的喧闹我也听不到。我的眼睛似乎变成了透明的。我看见李春花的魂从地上的身体里飘了起来,她冲我摆手,但她说的话我听不见,我只能看见她在笑。

我站在原地,却怎么都动弹不得,只能看着李春花的魂越飘越远,最后消失在我的视线里。

她真的走了。

直到那天,我才知道李春花每天早上根本不是去卖花生,而是早早地去劳务市场等着,等着有人能带她去工地。工地里都是一群精壮男人,只有她一个弱小的老妇人,她会不会胆怯自卑呢？

那时的李春花五十七岁，背却已经再也直不起来了。或许她要求人好久，说尽所有好话，才会有人愿意用她。

我已经记不清那天是如何跟着警察带着李春花的遗体去医院了，我也记不清后来是如何给李春花的尸体送下了地。我的眼泪怎么都掉不下来，只是呆愣地完成送走她的一道道程序。

我依旧麻木地去上学，起床后看不见李春花，我就默认她是去卖花生了。睡觉前如果她还没回来，就是那天生意好，回来得太晚；周末休息的时候，李春花就是去和她的姐妹打牌了。总之李春花依旧很忙，忙得让我们总是在错过。

错过也好，错过总比失去容易接受。

两个月后，我拿着一张大学录取通知书来到她的坟前。

那个装着李春花的土包，就那样站立在夜色中。我忽然意识到土地是阴暗潮湿的，太阳是热烈不灭的，而李春花在这里遭受风吹日晒已经两个月了，她应该很难受，但她已经无法表达了。那一刻我无论如何都无法接受李春花的死亡，原来死亡与活着都是这样无可奈何的。

我无法安慰李春花，我只能一遍又一遍给她读我的录取通知书。告诉她我考上了国防大学；告诉她国家政策对我很好，叫她不要挂念；告诉她家里的花生和油菜花也都被我照顾得很好，我们家也很好，就像她在的时候那样……

可我说到这里忽然哽咽了，因为李春花不在了。

她不在了，我们的家还怎么会好呢？

那天晚上月亮很亮，我坐在她的坟边剥花生，剥了很久很久，我说："李春花同志，你意志不坚定。"

我唱——

> 山歌好比春江水
>
> 不怕滩险湾又多
>
> 弯又多
>
> 起起落落漂泊
>
> 走不出冬夏
>
> 终究念念不忘
>
> 这是我的家
>
> …………

那晚，我靠在她的坟前，流完了一生的眼泪。

## 许兰杰，你跑快点

*"许兰杰，你跑快点。来时路上，福星高照。*

*"许兰杰，我不讨厌你，我爱你。"*

王家门前有两棵树，一棵是小柿子树，一棵是大石榴树。

许兰杰站在树边让王盼睇给她递麻绳的时候，王盼睇正在啃西瓜。

听见许兰杰的话，王盼睇手里捧着的半个西瓜被她丢出去很远，她连滚带爬地跑到许兰杰脚边，抱着她的腿就开始哭。

"兰杰，你别想不开。

"兰杰，你别死。

"兰杰，你鸡还没喂。"

王盼睇穿着橙色碎花短袖，领口被汗水和泪水沾湿，贴在皮肤上，西瓜汁顺着嘴角流了一脖颈。她正哭得伤心，许兰杰拿着抹布走了过来,粗鲁地用抹布在她脸上打了个圈儿:"没你这么哭丧的。"

许兰杰臭骂王盼睇一顿,带她换了身衣裳。

那是王盼睇七岁时候的事,那根麻绳后来被许兰杰系在两棵树的中间,用来晾衣服了。天气好的话,许兰杰会把祖孙俩的被子也抱出来晒晒。

王盼睇从小就没见过爹妈,打她记事起,就只有许兰杰陪在她身边。不过王盼睇一直不太喜欢许兰杰,因为许兰杰脾气差,性格又倔。许兰杰手掌粗糙,都是长年累月干粗活留下来的痕迹,光是摸一摸就觉得拉人生疼,就更别说巴掌落在脖颈或后背上了。

许兰杰总爱给王盼睇做青菜粥,还美其名曰绿色食品,健康无害。

王盼睇看着面前的稀饭,皱皱眉头:"又骗人,这不就是菜稀饭,连个肉丝儿都没的。"

王盼睇的言语中夹带着一丝不满,同样都是七岁,隔壁的赵小宝家就经常喝肉粥。不过她的不满并没有换来许兰杰的一丝同情,许兰杰抄起筷子对着王盼睇的脑门就是一拍:"就这条件,你吃不吃?"

王盼睇低头大口喝稀饭,喝完仰起脸来看着许兰杰笑:

"兰杰,这粥真好喝。"

会看人眼色,会左右逢源地说话,这是许兰杰教给王盼睇的。不过,王盼睇只有一次没有看别人眼色说话,那是她读六年级的时候。

那时村里正在收麦子,放学路上到处都是刚收上来的麦子。路两边的杨树蓊蓊郁郁,枝丫连在一起,像是要盖住一整片天。黄色、绿色、蓝色交织在一起,迸射出数也数不清的明天。

好多年后,王盼睇再回想起来,忽然明白那是她童年的三原色。

有一天,王盼睇下学后遇见了赵小宝的奶奶李金花。

那天王盼睇赤脚走在田埂上,脚趾缝里都是泥土。如果许兰杰麦子收得多,她会顺路去帮许兰杰扛麦子。其实她也扛不了多少,但她觉得要是被许兰杰那种斤斤计较的人知道她什么也没干就跑回家了,那她准要被臭骂一顿。

去找许兰杰的路上,王盼睇遇见了赵小宝,赵小宝手里拿着一个绿色易拉罐,他说那是他爸妈从大城市带回来的饮料,叫珍晶果。

赵小宝当着王盼睇的面喝,滋溜滋溜的,喝的时候还会嚼一嚼，说里面有好吃的果粒。

"你想喝吗？王盼睇？"赵小宝把饮料往王盼睇面前递了递。

王盼睇凑过去看了看，刚想点头，赵小宝就把饮料拿了回去："哎，就不给。"

王盼睇喊了一声："里面装的跟蝌蚪一样，喝了不怕肚子里长青蛙。"

赵小宝咧着的嘴一下就闭上了，他生气的同时，又觉得有些恶心，饮料喝不下去了就哭着去田里找他奶奶。

李金花领着赵小宝来到田埂上找王盼睇："你怎么说话的？你娘不教你，你奶也不教你？"

王盼睇抬起头，眉头紧皱，两眼直勾勾地盯着李金花。

李金花咽了咽口水，语气柔和下来："盼睇儿，想你妈没？"

王盼睇直冲冲地用头撞了一下李金花："我想她个仙人板板，给老子滚。"

李金花从田埂上滚了下去，半天才爬起来。

赵小宝在旁边鬼哭狼嚎，王盼睇走到他面前扬了扬拳头："再说话连你一起打。"

赵小宝不敢吱声了，李金花也从地里爬了出来，王盼睇还想说些什么，抬眼却看见拿着棍子的许兰杰。

许兰杰拿着棍子抽王盼睇，一边打她一边骂她："叫你不学好，叫你乱说话。今天就叫你给我记住，什么话该说，什么话不该说。"

王盼睇永远记得那天下午秋高气爽，天气晴朗，万里无云。田里的人们忙得热火朝天，路边的杨树疯狂生长。路过的自行车，车铃清脆地响着，金黄的麦粒在她脚下飞舞，她似乎要踩着秋天振翅高飞。

许兰杰就那样拿着棍子，一路把王盼睇揍回了家。

王盼睇滚在地上，一把鼻涕一把泪地让许兰杰住手。

"兰杰，我活不下去了。"

"兰杰，我快死了。"

不过她的求饶，许兰杰向来是听不见的。

许兰杰叽里咕噜地跟王盼睇说了一下午的大道理，王盼睇只觉得屁股疼，像开花一样疼。

晚上，王盼睇趴在床边就着灯写作业，许兰杰把青菜粥端到床边喂她喝。

王盼睇喝着喝着眼睛忽然亮起来："兰杰，稀饭里有肉丝儿！"

许兰杰掀起王盼睇的衣服给她上药："还疼不？"

王盼睇点点头说:"疼,不过我晓得你不是说我的,你是说给李金花听的。"

许兰杰笑了起来,说王盼睇鬼精鬼精的。

王盼睇喝完稀饭,趴在床边看着窗外的月亮,头脑昏昏沉沉的。她问许兰杰:"兰杰,你以后别打我,我好好学习成吗?"

许兰杰点点头:"要得!"

第二天一大早,王盼睇就被许兰杰从床上拽了起来。

她捂着还生疼的屁股,问许兰杰要干吗。

许兰杰掏出一个塑料袋,把身份证户口本全装了进去,又把塑料袋系在了裤腰带上:"改名。"

那天许兰杰带着王盼睇走了二十里路才到城里改了名字。

王盼睇把新户口本举得高高的,翻到自己的那一页,看到姓名栏上写着:王福星。

她笑了起来,问许兰杰:"为啥叫福星?"

许兰杰忙着收拾身份证,说:"瞎改的,用着吧。"

回去的路上,许兰杰从塑料袋里掏出钱,那些钱被卷到一起厚厚的一沓。五块、十块、二十块,都是些碎钱。

她们来到一家包子铺,许兰杰大手一挥掏出十块钱,给王福星买了一笼肉包，还给她买了一瓶珍晶果。

王福星挽着许兰杰的胳膊，往她嘴里塞了一个大肉包说："兰杰，我爱你。"

许兰杰笑笑，褶子皱在一起，一个包子嚼了半天才咽下肚。

晚上天有些凉，顺着山路走回家时，能看见满天的星星。许兰杰把自己的绿色头巾摘下来裹在王福星的脑袋上，还打了个漂亮的蝴蝶结。

王福星挽着许兰杰的手，好像握住的是山川沟壑，她捏了捏问道："兰杰，你疼不疼？"

许兰杰摇摇头："手糙，感觉不出来。"

王福星抬头看着许兰杰，月光下许兰杰的背那么那么地弯，看起来就像天上的那轮明月。她看着许兰杰的身影，没来由地难过，她无法想象如果没了许兰杰，地球要怎么转。

王福星说："兰杰，你会永远陪着我的吧？"

许兰杰说："人都会死的，有的早有的晚，我不能永远陪着你，也没人能永远陪着你。等我死了你要好好活，全世界的人都死光了，你也要好好活。"

王福星"哇"的一声哭了出来："兰杰，你别死，你真的别死。"

许兰杰拍了王福星一巴掌:"没你这么哭丧的,要我死还得等几十年呢。"

王福星不再说话,她愣着神,眼睛似乎往后看了几十年。她看见那条路的尽头,好像就真的只剩她一个人了。

自那以后,王福星就开始没日没夜地学习,她要在许兰杰的太阳落下之前,在那条路的尽头立起一块路牌,上面写着:欢迎光临。

而这块路牌需要以她的未来加成,才能让许兰杰更加骄傲。

门前的两棵树疯狂长出枝丫,王福星也越长越大。

高三那年,王福星念书念得最刻苦,家里用完的笔芯都堆满了一大纸箱。

暑假的时候,赵小宝会回来看李金花,他经常会从王福星的家门口路过。

那时的王福星已经出落成亭亭玉立的大姑娘了,赵小宝经常会看着王福星愣神,但王福星瞥见他的时候,他仍旧会吓得往后躲,他说那是本能反应。

赵小宝会为王福星带来大城市里的消息,那是王福星住在山沟沟里几辈子也换不来的消息。

赵小宝说外面的车都是四个轮的,说那里的人都用智能手机,也有各种各样的美食,说就连马路都很光滑平整。

王福星想,努力学习考出去就好了。考出去,就能给许兰杰换个铁架子来晒被子,她就不用踩着板凳爬上爬下地晒被子了;考出去,还能赚钱给许兰杰买辆电动三轮车,这样许兰杰扛麦子的时候,就不用站起来用力蹬三轮了。

那时,许兰杰仍旧喜欢系着她那条方格头巾,王福星也仍旧每天挑灯夜读,但只有赵小宝和许兰杰看好她。

李金花和其他老太太坐在门前聊天的时候,总爱嚼舌根。

许兰杰干脆不和那些人来往,她专心干自己的活儿,养自己的鸡,赚够了钱好供王福星上大学。

李金花闲言碎语的时候,赵小宝会把她拉回家,不许她说王福星的坏话,李金花骂他不争气,但凡长得好看点的都能给他迷走二里地。

赵小宝没有反驳,因为王福星长得是真的好看。但被戳穿了心事,赵小宝黝黑的脸上竟也散出红晕。

夜晚,赵小宝躺在平房顶的草席上枕着胳膊看星星,他看了许久,说:"星星,你得再亮一点才行。"

临近高考,王福星压力大得成宿成宿睡不着,她在夜里看书的时候,许兰杰就坐在床的另一头缝被子,一床被子缝了又缝，针脚细细密密的，看起来像条细黑绳。

王福星问她："兰杰，你说我能考上吗？"

许兰杰给线的结尾打了圈，用嘴咬了下来，她说："尽力就行，别去管结果。"

那年，王福星考上了一本大学的医学专业，她想治好许兰杰一下雨就疼的手腕。

离家前几天，王福星兴冲冲地和许兰杰说了许多话，而离家前那晚，王福星一句话都没说。那晚，她搂着许兰杰睡，却依旧很想她。

起夜的时候，王福星发现身边空荡荡的，她坐在床边等了一夜。

第二天，天蒙蒙亮的时候许兰杰才回来，她帮王福星打包好行李，又塞给她两万块钱："这是你的学费，之后我还会再给你寄。"

王福星诧异钱的来处，低头却看见许兰杰满是泥土的膝盖。

她说："兰杰，你等着，我一定会上出个名堂。"

许兰杰说："我知道。"

许兰杰把王福星送出了大山，车子越开越远，远到只剩一个黑点。

许兰杰再也看不见王福星的身影,可她依旧站在村口向远处望,好像要把王福星的一辈子都看穿。

大学那四年,王福星山里山外往返多次,每回去一次就要被许兰杰念叨一次。许兰杰嘴上说着不让她跑回来,却又在她回来之前做好一桌子菜。

王福星说她考上了博士,再读几年就能毕业,那时她会找个好工作,把许兰杰也接到城里去。王福星谈天说地,说着以后的生活。许兰杰不声不响,只低头给王福星夹菜。

晚上睡觉的时候,王福星搂着许兰杰的腰,她诧异不知何时起,许兰杰竟变得这样小,小到能躲进她的怀里。

她想:兰杰,睡吧,以后我给你遮风挡雨。

2023年,王福星博士毕业。

这一年,门前的小柿子树结了好多果,果子又大又甜。许兰杰摘了几个,又准备用网兜把剩下的果子罩住,防止被鸟啄食,等下次王福星回来的时候就能吃上好柿子了。

许兰杰是回房拿兜子的时候倒在地上的,直愣愣地栽下去,再也没爬起来。

第一个发现她的是李金花,李金花正拄着拐杖来给许兰杰送刚从地里摘来的花生。

李金花坐在地上,摸着浑身冰凉的许兰杰,开始剥起了花生。

她剥一颗就要骂许兰杰一句:"老东西,走了也不说一声。"

她剥一颗就要说一句她们的往事。

她说她们自幼相识,一同嫁进大山里,同一天结婚,好得像是一家人。

她说她气许兰杰,男人死得早,儿子也不孝。

她说她气许兰杰,骨头硬不服软,那么多年都不肯叫她帮一次忙。

她说她气许兰杰,多年前跟她借了两千块钱,顶着破身体蹬三轮也要捡破烂卖钱还给她。

她气许兰杰拼了命也要把王福星送出大山。

她气得要死,她说:"老东西,一路顺风。"

王福星回来是在第二天的晚上,山里路途遥远,她坐了一天一夜的火车才赶回来。

家门前搭起了塑料棚子,红蓝色的大片塑料纸快要把她家都包裹起来，而人群中央是双眼紧闭的许兰杰。

人们说许兰杰好人有好报，走的时候没有受苦，一下就过去了。

王福星跪在地上，拿毛巾给许兰杰擦了擦脸，又擦了擦手。

小时候，许兰杰带王福星参加别人的葬礼，王福星看见去世的人就吓得嗷嗷哭，那时候许兰杰就会捶她一拳，说："瞎哭什么丧？"

王福星往许兰杰身后躲，说："兰杰，我害怕，大人咋不怕？"

许兰杰说："怕啥子？那是他的亲人，亲人就算死了也会保护亲人的。"

王福星一遍又一遍地给许兰杰擦手，一滴眼泪也没流。

有人说王福星不孝顺，李金花冲上去把那群人赶到了一边。

王福星没空搭理那些人，她知道许兰杰一向不喜欢她哭丧。

她埋怨许兰杰："许兰杰，你没福气，你享不到我的福了。"

三天后，许兰杰被放进了一个罐子里，王福星特意给她选了一个绿得发黑的罐罐，颜色和许兰杰的方格头巾差不多。

那么大的许兰杰被装进了那么小的罐子里，王福星抱着许兰杰下了地。那是许兰杰走过了千万次的土地，那里的庄稼依旧旺盛生长，不断绵延。它们老去又重生，一次又一次。

许兰杰就是用这片土地养活了王福星，也养出了大山里的第一个博士。

王福星在地里陪了许兰杰很久，许兰杰不在，王福星不知道自己该去哪里。她回到家的时候已经没有人在等她，屋里黑灯瞎火的，也没有人给她做饭。

她开始绕着房子转，好像看到了许多许多个许兰杰。

门前的那两棵树被许兰杰照顾得很好，只不过石榴不如柿子结得多，那根七岁时被许兰杰系上去的绳子依旧在上面，只不过被许兰杰绑了很多不同的布条。

王福星把布条解开才发现，下面的绳子都被磨坏了，不用布条包起来怕是早就断了。她摸了摸绳子，仿佛摸到了许兰杰佝偻的背。

进门要跨过门槛，小时候王福星跨不过去，总被绊倒，许兰杰就拿着榔头一点一点把门槛给砸平了。

许兰杰砸门槛的时候，王福星在旁边愁得要死，说："兰杰,完了,没有门槛没福气,咱们要完了。"

许兰杰结结实实地给了王福星一巴掌:"说些好话。"

长大后王福星学会了一个词义叫避讳,她才发现许兰杰有很多大智慧。

高三那年,王福星学习刻苦,总学到半夜。许兰杰从没打扰过她,她常常一个人搬着板凳坐在门前,看着远处的大山发呆。

手里的菜一把一把地择,择着择着,就择出了王福星的未来。

踏进门再往里走是个小院子,许兰杰在院子里搭了个鸡棚,里面有很多小鸡崽,母鸡下了很多蛋,许兰杰不在,也就没人再去捡。

王福星记得许兰杰捡鸡蛋的样子,她会挎个小篮子,弯腰把头伸进鸡棚里去,边捡边夸:"咱家鸡崽真厉害。"

鸡棚左边是灶房,许兰杰炒菜的时候,王福星就在下面烧火。第一次烧没掌握好火候,柴禾填得太多,以至于火都灭了。许兰杰一盘土豆丝翻来覆去地炒了几百遍都不见熟,后来王福星被揍了一顿。再后来,村里王福星的锅烧得最好。

灶房的左边是她们俩住的地方,靠窗的地方放着一张木床，床上铺着很薄的被子。王福星上大学的时候，许兰杰给她弹了一床新被子，而自己用的还是她们祖孙俩曾一起用的被子。

小时王福星觉得那么厚的被子，现在看来竟只有薄薄一层。

床尾是许兰杰给王福星用木头垒的小桌子，小学时候用正好，后来上了中学长了个子，王福星每次写作业的时候，背都蜷得难受。就那么一张小桌子，却也用了整整二十七年。

床头还有一个衣柜，是王福星她妈陪的嫁妆，她们俩人一年四季的衣服都塞不满一层。

王福星打开柜子想再找找许兰杰的味道，但看见的却是五个柿子和三瓶珍晶果，整整齐齐排成一排。

大概是放久的缘故，有两个柿子已经烂了。

王福星的眼泪忽然就憋不住了，止不住地流了下来。

一开始，眼泪一滴一滴地流，后来变成了一串一串，最后是两行清泪，止也止不住。

她抱着柿子和珍晶果拼命地哭，好像要把后半生的眼泪全都哭干。

她呜咽着，说不清完整的一句话，最终抱着柿子重新跑回了地里。她跑了很久，赵小宝也在她身后跟了很久。

她跑到地里，抱着土堆放声地哭。

她想许兰杰，想得快死了。

她想起许兰杰的一生，想起带她改名，把她养大，为她求人，供她上学，送她出山。

她冲许兰杰喊——

"许兰杰，我记得你，你就还活着。

"许兰杰，你跑快点。来时路上，福星高照。

"许兰杰，你睡吧，那座大山，我已经踩着你的肩膀翻过去了。

"许兰杰，你放心，这一生，我会好好活。

"许兰杰，我不讨厌你，我爱你。"

## 大山里的春天

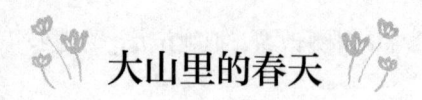

那个下午,李金花坐在地上慢慢地剥花生,
她剥一颗就要和许兰杰说一句,
一个人絮絮叨叨地说了很久,
她用了一下午,向自己的前半生告别。


赵小宝每天睡醒的时候,李金花已经下地割完草回来了,她会搬着板凳去门前晒太阳,而王福星他们也已经上完了早读,这时候的赵小宝才从床上爬起来。

赵小宝揉揉眼睛,看着窗户外的天空——太阳已经升得老高了,树枝上的鸟也在叽叽喳喳叫个不停。等他转身看到墙上的钟,指针指向八点的时候,他才意识到自己又迟到了,而李金花又一次没有及时喊他起床。等他丧头巴脑地走进教室时,大家会哄然大笑,老师也看着他笑,然后说:"少爷,今天这么早啊？"

赵小宝知道那是大家在讽刺他，但他确实迟到了，做错了事就得认罚，让人说两句总好过挨巴掌。

后来，赵小宝的父母从城里给他带回的第一份礼物就是一台青蛙样式的闹钟。而自从有了闹钟，赵小宝上学也就再没有迟到过。

赵小宝向来是矜贵的。之前，隔壁的许兰杰和李金花还玩得很好的时候，见到李金花总要说她两句，说男孩子不能这么娇气。李金花总是笑嘻嘻地回应着，然后转身往赵小宝嘴里塞一大块肉。许兰杰知道自己的苦口婆心又白费了。

山里农活多，他们要采笋子、摘蘑菇、收果子、捡树枝，还要割猪草。别的孩子因为干活晒得乌黑的时候，只有赵小宝是白白净净的，因为李金花把他保护得很好，确实像个养尊处优的大少爷。

这个大少爷所有深刻的记忆似乎总与夏天有关。

夏天一到，赵家门前的柳树便枝繁叶茂，长长的枝条垂进水里，漾出一圈又一圈的波痕。

那时村里正忙着收麦子，李金花一个人忙得要死，赵小宝要去帮李金花却被她骂了一通，让他赶快回家吹风扇，免得中暑。

赵小宝拿着珍晶果回家的路上遇见了王福星，王福星想喝一口，赵小宝偏不给她，后来，他被王福星骂了一通，连带着李金花都被王福星一头撞进了田埂里。

那个下午，李金花和赵小宝都被王福星气得够呛，李金花揉揉脑袋上的包，刻薄的话说完了一遍又一遍，也没说不许赵小宝再和王福星玩。

赵小宝说出自己要娶王福星当媳妇的时候，李金花嘴里的饭差点没喷出来。她以为赵小宝是开玩笑的，可后来她发现赵小宝竟然来真的。因为那之后，赵小宝的成绩稳步上升，原因是王福星喜欢成绩好的。

李金花觉得赵小宝是可塑之才，因为能为了女人而坚决改变的男人实在是不多见，而赵小宝年纪轻轻就已经上道了。

李金花对赵小宝的溺爱向来是没有上限的，只有一次，李金花揍了赵小宝。

那是赵小宝十三岁那年的夏天，天气极其闷热，树叶蜷曲着似是被抽干最后一滴水分。

一天晚上，许兰杰来找李金花借钱，因为王福星要上初中了。李金花苦口婆心地劝她要注意身体，又骂她有个不争气的儿子，说到最后，李金花说王福星要是男孩还好些，偏偏是个女孩。就那一句话，惹得许兰杰不开心了，她摔了李金花家里的碗，说再也不和她来往了。她把门一关，留下李金花一个人愣在原地。

赵小宝那时起反应就快，他一个箭步冲上前，对许兰杰吐了口口水，骂道："你个穷鬼，天天来借钱，凭什么还说我奶奶？"

许兰杰回头看了他一眼，擦了擦背后的口水，一句话也没说便离开了。

赵小宝回来后本想安慰李金花的，谁承想被李金花甩了一巴掌。那一巴掌下去，赵小宝的眼泪哗哗地掉，豆大的泪珠一颗接一颗地往下落。那天晚上，李金花一个人挑着灯做了很久的手工。

快天亮的时候，赵小宝起夜，问李金花咋还不睡。

李金花看了看赵小宝还有些肿胀的脸，有些心疼。

她说："你不能那么说你兰杰奶奶。"

"谁叫她欺负你？"

"她没有欺负我。"

"吵你还不算欺负你？"

"不算。"

"为啥？"

"大人的事你这么小哪能明白？你兰杰奶奶要强，你这么一说她以后都不会来了。"

"不来拉倒，我又不喜欢她。"

李金花叹了口气，抱抱赵小宝："奶奶喜欢她，奶奶结婚那年，是你兰杰奶奶给我拉的车。"

这时候，赵小宝才想起来这件事李金花和他说过很多次。那时候新娘子都是被平板车拉来的，但赵小宝爷爷是个跛子，拉不动车，同一天结婚的许兰杰穿着新娘服，系着绳子就把李金花拉来了。旁人问许兰杰她凭什么拉车，许兰杰说凭李金花是她自幼长大的姐妹，不能叫别人看她的笑话。

李金花告诉赵小宝，朋友之间的情谊是不会轻易断的，何况还是那么多年的情谊。她还告诉赵小宝，人不能忘本，不能恩将仇报，受过人家的好就要一辈子都记着。

赵小宝把李金花那天的话全都记在了心里，后来对许兰杰一家都很好，他以为李金花和许兰杰也会很好，但是他还是太小，不能明白女人总是口是心非，嘴硬心软。

好多年后的一个夏天，许兰杰又来向李金花借钱，那天影影绰绰的灯光下，赵小宝看见许兰杰在给李金花下跪，而李金花的眼泪也随之落下。

那一刻，赵小宝忽然明白了许兰杰的执着，也明白了李金花的口是心非。

许兰杰走后，李金花心疼地哭起来，说许兰杰这辈子多难，但赵小宝抱了抱李金花想说，金花，你过得也并不轻松。

李金花十九岁那年就嫁到了大山里，一辈子都守着这座大山。努力了大半辈子把儿子送出了大山，如今又要守着孙子。她把所有人都送出了大山，唯独自己不愿踏出大山半步。她儿子说她古怪，但赵小宝知道，她是舍不得许兰杰和李春花。

他仍能记得，李金花一个人送走李春花和许兰杰的场景。

三个人里最先走的是李春花，那年李大志正准备高考，李金花和许兰杰听到消息就往医院跑，跑到医院的时候，李春花已经咽气了。医院的走廊里，两个老人佝偻着背悄然啜泣，后来李春花的葬礼也由两个老太太操办。

过了六七年，许兰杰也去世了。第一个发现她去世的人是李金花，那天她去给许兰杰送花生，但看见许兰杰安详地躺在地上的时候，就什么都明白了。

那个下午，李金花坐在地上慢慢地剥花生，她剥一颗就要和许兰杰说一句,一个人絮絮叨叨地说了很久,她用了一下午,向自己的前半生告别。

自此,李金花彻底只剩下独自一人了。

赵小宝总能看见李金花一个人坐在门前发呆,她依旧做着和当年一样的手工活,夕阳落在她的脸上,连皱纹都有了阴影。

那时候的李金花已经七十岁了,从堂屋到门前不过一二十米的距离,她都要走很久很久,但她仍旧把春花的花生和兰杰家的鸡鸭养活得很好。

某个春暖花开的午后,李金花搬着凳子去门前晒太阳,太阳照在身上暖洋洋的,她睁开眼睛盯着太阳看,看到了远处云层里正在冲她招手的许兰杰和李春花。她也笑着向她们挥手。好像在说好久不见。

下午两点,赵小宝给李金花带了她最爱吃的桃酥回来,靠在椅子上的李金花,身上的毛毯被风刮到了地上,她的身体仍旧被晒得暖洋洋的。赵小宝走近她的身旁,她安静得就像一株白杨。但赵小宝明白,她再也不会醒过来了。

她被埋在了许兰杰的周围,好多年前许兰杰被送下地的时候,赵小宝不放心王福星,跟着她来到了这片土地,那是他第一次见到亲人的坟墓。

这一次他送李金花下地,许兰杰的坟头已经长满了狗尾草,小草在春风里一晃一晃的。

用不了多久,李金花的坟头也会长满狗尾草。

小草晃悠起来,就是这座大山里的又一个春天。

## 哑巴父亲

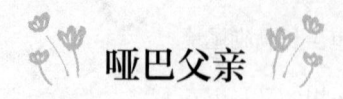

父亲费了很大力气,

花了很长时间一点一点把这里磨平了,

为的是弥补自己的过错。

这是我的哑巴父亲,花了一生才磨平的疤。

我的父亲是个哑巴,他一辈子都在种地,土屋后头的那片地就是父亲的心血。

春天,他要播种;秋天,他要丰收;晴天,要去打药;雨天,要去放水。他把那片土地悉心照料得很好。

我家还有一头用来耕地的黄牛,每天傍晚父亲都会戴着斗笠,牵牛去草地里吃草。等牛吃饱了他会拍拍牛的背,似乎在夸它吃饭很厉害,然后再把牛牵回家来。

从清晨到傍晚,父亲的足迹遍布田野。远处是无尽的旷野,天地间只有他沉重的喘息。

我的母亲早就去世了,死在了生我的那天。

听别人说,她那天是要去给地里干活的父亲送饭,天刚下过雨,又闷又热,蟋蟀不停地叫,像是对夏天的宣泄。母亲就是给父亲送饭的时候,从田埂上滑下去了。

母亲惊叫一声,手里的饭撒了一地,血也流了一地。

医生只能保住我,但我也是个哑巴,还是女孩。

我说不出话来,听力却极其敏感,好多细微的声音我都能听得到。风吹过树叶的声音,纸张落在地面的声音,还有父亲叹息的声音。

我在学校总格格不入,性格也无比内向,老师经常因为我不自信找来父亲谈话。老师以为有了父爱我会改变的,但老师不知道父亲压根不搭理我,他看见我总是躲开。

我们甚至吃饭都不在一张桌子上,我坐在桌子旁,他便一个人端着碗坐在门口。他常看着那片田埂出神,好像对土地的关心大过我。

五岁那年,父亲从外头领回个叫李志的男孩。

当我看见高高的李志站在我面前,为父亲搬运一袋又一袋沉重的麦子时，我知道我的猜想是正确的——父亲需要一个能帮他照顾土地的人，土地需要传承，女孩是肯定不行的。

李志活泼机灵，更讨父亲喜欢。

每天父亲从地里回家，我从学校回家的时候，李志总能做好满满一桌子的菜。他还会贴心地为父亲送上一碗凉白开，递上一条擦汗巾，当然这些他也会为我准备一份，但我总是对他喜欢不起来。

我想，父亲那对我为数不多的关心，这下彻底被分走了。

但因为李志的出现，父亲变得开朗了许多，他终日哭丧的脸上偶尔竟也会浮现些笑容。他用手比画着他的田野，告诉李志要如何养护土地，他要李志学手语，要学得滚瓜烂熟。

李志向来不会违抗父亲的话，他真的把手语学得滚瓜烂熟了，有时我用手语表达不喜欢他的时候，他也会用手语告诉我没关系。

慢慢地，父亲去地里的频率更高了，他见我的次数也就更少了。

我开始讨厌父亲，他救不了母亲，又冷落了我。

我开始不愿同父亲交流，开始躲着父亲，在旁人看来，李志更像是他的亲生儿子，而我才是领养来的那个。

十六岁那年,父亲在田里淋了雨,回来后一直高烧不退,之后就一病不起,医生说他活不久了。

那时,我还在窃喜,自私的父亲总算遭了报应。

我偶尔会去看看他,大多数时候都是李志在照顾着。

父亲开始大小便失禁,我想给他换衣服的时候,他会把我赶走,然后用手语比画着告诉我:"我没照顾过你,也不需要你照顾我,这里有李志就够了。"

一开始我会在原地发愣很久很久,我想父亲也明白他对我有些亏欠,只是他不愿意改变罢了。于是后来,我便不再去他的床前。

父亲去世前的雨夜,他房里的灯一夜没关。

我听见父亲痛苦的喊叫声,生死关头,我希望父亲能活下来,哪怕以后仍旧不爱我也没有关系。我没了母亲,不想再失去父亲。

我跑去房间偷看他的时候,竟透过门缝看见他在给李志下跪。

他的手语比画得飞快,整个人都很激动,我没有胆量进去,我只看见父亲颤抖的脊背。

我知道,他在求自己死后李志能照顾好我。

几天后，我和李志送父亲下葬，那会儿正是夏季，田野里一片碧绿，草木生长得十分旺盛。

下葬时，我才发现那块害母亲滑倒的田埂早被磨平，也铺上了水泥，人走上去稳稳当当。

李志说，父亲费了很大力气，花了很长时间一点一点把这里磨平了，为的是弥补自己的过错。

李志说，这是我的哑巴父亲，花了一生才磨平的疤。

李志说，父亲不是不爱我，也不是不关心我，父亲是不敢看我，因为我的眼睛和母亲太像，看见我便要止不住地流泪。

他看见我，就像看见了我的母亲，他对我们都有愧。

父亲死后，那片土地一直都是李志在照看，李志靠卖麦子供我上学，他成了我的哥哥，我唯一的亲人。

好多次我让李志为自己想一想，为自己攒点钱好娶媳妇，可李志总是摇头，他说只有我安稳了，父亲在地下才会安稳，父亲安稳了，他才会安稳。

他说他是父亲从街上领回来的，没遇见父亲前他就是个叫花子，像人人喊打的过街老鼠，毫无尊严。

是父亲给了他土地，给了他家，给了他明天和希望，他不能愧对父亲。

在我结婚五年之后，李志才攒够了钱娶了媳妇。

有一年夏天，我回村看望李志，那时我的孩子刚上幼儿园，他忙着给李志送水，不小心跌倒，头磕在石子儿上流了好多血。

李志放下锄头，抱着我的孩子开车一路冲到了县城的医院。

站在医院的走廊里，我忽然想到，父亲不是不救母亲。

乡镇上连医院都没有，只有一个小诊所，妇人生孩子都靠接生婆。

那时我的母亲疼得太厉害，诊所已经没有用了。

而我的父亲他不能说话，他呜咽着，抱着怀孕的妻子走三十里的路去城里的医院。

那是一个哑巴，能为爱人做的唯一的事了。

## 相信

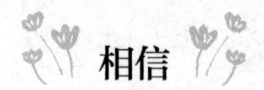

疾病总是不给人留任何伤感的余地。

哑巴尸体被警察找到的那天是正月初七。警犬闻着味儿搜寻了很久,才在一片荒地上找到他。

那片荒地只有哑巴一个人,他孤零零地躺在枯草上,光着脚,浑身冰凉。

法医鉴定后得出了结论:哑巴是服毒自杀的。但我确信事情一定不是这样。

那时我就站在桥上,顺着桥能看见桥下的一举一动。

警察和法医面无表情地把哑巴装进裹尸袋里,然后抬上车,只留下几个人看守现场。

我戴上帽子从桥上离开的时候,并没有人注意到我。那时候是下午六点,警察开始盘查哑巴的人物关系,他们只知道哑巴有一个儿子，但他们不知道哑巴还认识一个男孩叫李标。

他们相识是在一个冬天，在垃圾桶前认识的。

那个冬天格外地冷，毕竟我们这里从来没下过像那年一样大的雪。

那一年李标只有十七岁，得了治不好的病，家里没人愿意再养他，让他自生自灭。

李标把所有的衣服都裹在身上还是冷得发抖，哑巴那时候就躲在垃圾桶的后面，他冲李标招了招手，示意李标坐过去。

李标躲到后面，发现风果然小了很多。

哑巴带李标去了他住的地方，那是一个楼梯的拐角处，他拉起帘子，那里就成了他的家。

李标告诉哑巴自己有病，已经活不久了，哑巴拉着他的手坐下，说没处去的话可以住在这里。

哑巴给李标铺了一张床，那张床柔软又舒适，比哑巴给他儿子铺的床还要暖和，而那个狭小的楼梯拐角就成了他们的家。

最开始哑巴比画的手势李标压根看不懂，但时间久了，李标竟也摸索着学会了手语。

哑巴是靠卖气球维持生活的，因为卖不出去，他的气球总是堆得到处都是。大家都开始用二维码收付款，只有他还倔强地让人付现金。哑巴儿子也劝过他，让他换成二维码收付款，但哑巴压根不听。

一个气球八块钱，他一天大概能卖出去七八个，一个月也只能攒下一千块钱。但其实哑巴有十万块钱的存款，钱就藏在家里。

哑巴有一个儿子的事实，也不是李标无意中发现的，因为哑巴儿子会三天两头找上门来问他要钱，哑巴总是三十五十的给他。没有钱给的时候，哑巴儿子会和他动手，他儿子不知道这些钱被哑巴藏到哪里去了。

哑巴不能说话，也不能求助，只有挨打，李标便冲上去和他儿子打架。

李标很会打架，每次都能把哑巴儿子打得满地找牙，他儿子骂骂咧咧地离开，而李标要躺在床上好久才能恢复过来。哑巴心疼李标，每次都掏出些钱来给他治病。

哑巴说他会把十万块钱拿出来，一半给李标治病，一半给自己买最好的棺材。

李标说他的病是治不好的，让哑巴不要乱花钱，哑巴说那就买两口棺材。

后来李标和哑巴一起去卖气球,李标用二维码收款,他收现金,他们看起来就像是一家人。

李标举着牌子说自己病得快死了,说哑巴不能说话,大多数人会觉得他们是骗子,但总有好心人会来买气球,再多给他们些钱。

那阵子他们一天能赚一百多块钱,哑巴存钱的速度就更快了。等他存够十五万块钱的时候,他们去棺材店订棺材,店主给他们推荐了一对棺材,说第二口半价。

哑巴觉得划算,当场就付了定金。

后来,李标病得越来越严重,重到不能下床走路。那时候李标遇见哑巴不过才一个月的时间,哑巴感慨疾病总是不给人留任何伤感的余地。

而哑巴的儿子仍旧会来找哑巴拿钱,哑巴却一毛钱都不给,说要把钱留着给李标,要留着买棺材。

哑巴儿子觉得他疯了才会把钱给一个外人留着买棺材,他儿子决定把钱抢回来。

那一天,他们再次扭打起来,病得快死的李标像是回光返照一样从床上蹦了下来,一拳就撂倒了他的儿子。可哑巴儿子最终还是带着那十五万块跑走了,再也没有回来。

哑巴蹲在地上无助地哭了起来,他说天亮就去报警。

那天夜里,哑巴的儿子回来过一次,他们在门外争执了很久,他们的手语比画得太快,李标看不太清,但他一直站在门口捏了把汗。

哑巴过了很久才回来。第二天天一亮,哑巴就在桥下自杀了。

"以上是我的全部供词,我爸已经死了,我说完了,能走了吗?"我问警察。

"所以你是最后一个见到他的人。"

"我不是。"

"你一直家暴他。"

"我是在救他。"

"他自杀是你逼的。"

"不是自杀。"

"他喝药过量才死的。"

"他没病为什么要喝药?只有病人才要喝药,但生病的不是他。"

这时,警局里接到新的报案:有人被一个癌症患者带去棺材店买棺材,受骗十万块钱。

警察呆呆地看看哑巴的儿子。

他儿子摇摇头说:"我说了,他不是自杀。"

## 福娃

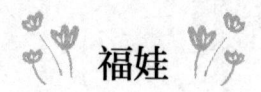

> 我们之间隔着生死之距，
> 我们都无能为力。

父亲右腿残疾，是靠拾荒把我养大的。

我家有一辆老旧的绿色三轮车，那辆车并非用来骑的，而是父亲每天牵着捡垃圾的工具。那时我每天最期待的就是父亲回家，他会带回满满一车的废品，那里面时常会有些漂亮的小玩意儿，或是别人不要的发卡、手链，运气好的时候还会有崭新的衣服和书本。

父亲会一件件仔细地把我喜欢的物件挑出来，清洗干净再送给我。

年幼的我总是臭美，父亲便总夸我是最漂亮的小女孩。

他就那样供我上到了高三。

高三寒假,他查出了骨癌。

金碧辉煌的北京城,人潮涌动,我背着瘦骨嶙峋的父亲四处求医。灯火通明的医院里,我没钱续病房,父亲只能睡在走廊里。

医院常传来病人的哀号,在死亡面前我太过渺小,只能在墙壁上一遍又一遍地刻下"平安"二字。

父亲时常被病痛折磨得睡不着觉。好多个夜晚,我醒来的时候都能看见父亲无助地望着医院的天花板,他大概也不明白,命运为何总是折磨苦难的人。

我休了学,没日没夜地去工地搬水泥凑钱。

我一块一块地攒着钱,可积蓄还是太少了。我求医生救救父亲,可世界上的父亲实在太多了,他们帮不过来。

有钱就活,没钱就死,怨不得任何人。

有一天,父亲握住我的手,摩挲着我手上的冻疮,忽然哽咽地说:"你是女娃,手上长了疮就不好看了。"

他说:"福娃儿,爸不治了,咱们回家吧。"

他说:"不是医院治不好,是爸自己不想治了,太疼了。"

于是我又将父亲一路背回了家。


那天晚上满天繁星,我们从繁华的北京市区一直走到了我们的山沟沟。山沟里风大,我给父亲披了一件衣服,父亲说,等他死后要把衣服也烧给他。

回家的路上我们路过一条田埂,好多年前,父亲在这里耕地,我在田埂上用石块垒房子。那时的父亲说以后会把我们家的土房子翻修,到时候用水泥和砖块砌房子。现在,父亲说等他死后可以埋在这里。

穿过漫长的山沟,走到尽头就是我家。

我家的木门在寒风中摇摇欲坠,如果是前几年,父亲一定会搬来梯子用钉子把门重新钉好。此刻父亲只告诉我,等他死后要我一个人去北京打拼,不能一辈子困在山沟里。

黑夜是无尽漫长的,我这头祈求上天让父亲活得再久一点,父亲在那头规划他死后的我的未来。

我们之间隔着生死之距,我们都无能为力。


回家后的第六天,父亲忽然精神抖擞,看起来状态特别好,甚至能下床走动。

那天父亲亲自下厨给我做了顿饭,又搬来梯子把木门修好,把家里的一切都打理得井井有条,干干净净。他说自己好像好了,连骨头都不疼了。

我收拾东西准备带父亲回北京复查,我想上天总是要照顾这些苦命人的，但父亲说不用了，他只想再看看我。

那天，夜里下起了暴雨，那么大的雷声都盖不住父亲疼的叫声。

第七天，父亲走了。

那一刻，我终于明白回光返照的含义，所谓回光返照，不过是人临死前的垂死挣扎。

死亡，终究是无法避免的。

奇迹，终究是无法莫名降临的。

整理遗物时，我在他枕头底下找到一副手套和一封信。

信上有一些别扭的大字和许多拼音。

"福娃 wǒ（我）儿，你吃 fàn（饭）了吗？

"要 dài（戴）手 tào（套），防止冻 chuāng（疮），guì（柜）子里有你的学 fèi（费）。

"gǔ（骨）ái（癌）难治，爸 tuō（拖）累你了，对不 qǐ（起），福娃勿 niàn（念）。"

我打开柜子，里面有一张银行卡，密码是我的生日。

原来他一直都有钱，他舍不得治病，他怕我没钱上学。

送父亲下葬那天，好多人都来为他送行。

人群喧闹，我只听见一句："那就是福娃？都长这么大了？那年卫国从雪地里刚捡她回来时，她牙都还没长呢。"

我怔了许久，随即泪如雨下。

不知道父亲在雪地里见到我的时候在想些什么呢？捡到我后，他的日子过得格外贫苦，不知道他可曾后悔呢？

也许无数个难熬的寒夜里，他都在告诉自己要更努力干活，因为他的福娃快长大了。

爸，你吃饭了吗？在那边要好好休息，不要总想我，小老头不要总是那么累，要身体健康，一切顺利。

爸，我不想你走得那么快的，你要是能再陪我久一点就好了。

爸，我想你。

我的父亲叫张卫国，今年五十七岁，右腿残疾，死于骨癌晚期。

我是他的女儿张福，我只有这一个父亲。

**Part3**

她说她要忘掉过去。
于是,同一时间里,
我在用力回忆,她在用力忘记。

◀ 如果遗忘有声音 ▶

## 相遇是一种魔咒

陈景川,今年是我最后一次来南非了。

我没有忘记你。

非洲南部,遍地枯黄,热风刮过脸颊,血液也变得滚烫。

草原是广袤无边的,但这里的草原和国内的并不一样,这里的草原是枯黄的,是干裂的,是没有生机的。热浪一层接一层地吹过来,人影都变得摇摇晃晃。

树木是稀少的,大部分都是光秃秃的一片,偶尔会传来猛兽的叫喊声,因为空旷,声音总是能传得无限远。

我就是在那片草原遇见了陈景川,那时他一头黑发,正在救助一匹斑马。我到非洲出差,外出取景,原本是要拍摄一些动物还有自然风景,但当时眼前的画面过分温馨,我想拍下来留作素材。

"拍斑马的话可以靠近一些,这是只幼崽,没有多少攻击力的。"陈景川忽然抬头笑着对我说。

他笑起来很好看,眉眼弯弯,嘴角有两个梨涡,散发着一种和草原格格不入的气息。

拍照的间隙,我们逐渐熟络起来,他说自己从事动物保护工作,来非洲已经两个月了。

他们的驻扎点就在附近,陈景川邀请我去坐了一会儿。环境不算差,但水源是稀缺的,就连给我倒茶,也只是倒了半杯。

"如果有时间,我可以给你讲讲草原上的故事。"他对我说。

但那天我很忙,简单回复几句就离开了。

后来,我们一起在南非待了一年多,这期间我和陈景川已经十分熟悉,他救助的斑马也在我们的见证下慢慢长大。

陈景川说:"斑马是群居动物,记忆力也很强。"

讲到这儿,他忽然抬头看我:"你记忆力好吗?"

我摇头:"不是很好。"

他笑笑,说我可爱。

那天以后,我没有再见过陈景川。

草原上的风一如既往地热辣滚烫，动物也总在各种季节里马不停蹄地迁徙，而我在那片草原等了陈景川很久，久到我要从南非回国，他始终都没有出现。

我想大概时间久了以后我会忘记他的，但我对他的记忆却一天比一天更加清晰。

再听到他的声音，是他打来的一通电话。

电话里他说自己生了病，治不好了，躲着我是因为治病剃光了头发，实在是难看得很。

他说他很喜欢我，希望我一切都好。

最后，他说："陈禾，你记性不好，你别忘了我。"

意气风发的陈景川死在了二十七岁，死在了南非。

在他人生的短短二十七年里，他救助过的动物多得数不胜数，但他唯独救不了自己。

今年的陈景川应该六十七岁了。

四十年间，我无数次往返南非救助动物，新闻对我大肆报道，宣扬我的爱心与善良。只有我自己知道，我天生是一个自私自利、没有大爱的人。我能做成这样，不过是因为我爱陈景川。

这些年我每次去非洲都会带上一张照片，照片上的陈景川一头黑发，正笑意盈盈地看着眼前的小斑马。

那只小斑马早就回归自然,见面早已不再认识,而我也已经很老,老到快要走不动路了。

陈景川,今年是我最后一次来南非了。

陈景川,我没有忘记你,我爱你。

# 我们会一起长大

陈司以前说过，

凡是我人生有意义的瞬间，

他都会送我一束花。

陈司是我的青梅竹马，我很喜欢他。

陈司住的地方不算大，我常去他家。他永远都是笑嘻嘻的，只听我讲话。不过他天生冷淡，不爱说话也是正常的。

我比陈司的性格开朗多了，毛病也比他多，我总是丢三落四，喜欢一惊一乍。之前陈司总是无奈地摇摇头，然后默默地帮我把东西收拾好，一而再再而三地确认没有东西落下。

即使我闯了天大的祸也没关系，即使天塌下来，也有陈司给我顶着。

后来我在陈司的督促下，改掉了不少毛病。

陈司再见到我的时候，总是看着我笑，像是在感叹我终于长大了。

我能长这么大，变得这么好，全都是陈司的功劳。所以陈司不说话我也不生气，坐在他家门口说完话就走。

十六岁那年，我们一起上高一。因为我们两家离得近，我和陈司便在同一所学校上学。

有一天上学的时候，我去他家门口等他，我说："陈司，我去上学啦，你要跟我一起吗？"

陈司家门紧闭，他先走了，没有叫我。

我一个人走在后面，迟到了也没人提醒我，我想等见到陈司，一定要好好修理他一顿。

十八岁的时候，我们高中毕业了。陈司以前说过，凡是我人生有意义的瞬间，他都会送我一束花。

比如，我十周岁的时候他送了我一束向日葵，小学毕业他送了我一束百合，初中毕业他送了我一盆波斯菊。

我在想高三毕业，他会送我什么花呢？

我怕他忘了，提醒他："陈司，今天是毕业典礼，你说过要送我花的，别忘了。"

但陈司没来送花，他忘记了。

晚上我去找他，手都敲红了也不给我开门。

"陈司大骗子，说话不算话。"

我同陈司置气了很久，也很久没有再去找他。

读大学的时候，我总会很想他，我给他发微信他总不回，不知道他在别的地方忙些什么。

有时候梦到陈司，会想他想到流眼泪，我总是半夜起来给他打电话，他的电话铃声总是响了很久无人接听。

我说，陈司像头猪，睡着了怎么都不醒。

二十三岁，我大学毕业，长大了，更好看了，但陈司还是老样子。

一样稚嫩的脸庞，一样压眉的刘海，一样白白净净的面庞，眼尾有和从前一样的泪痣。

二十八岁，我赚了很多钱，给我妈联系了一家养老院。

我找到陈司："陈司，我赚够我妈的养老钱了，我们结婚吧。"

陈司不说话，我就当他同意了。

那天我很想他，所以拎着啤酒到他家里，和他说了很多话。

我说我们七岁就认识，从小一起长大。

我说他琴棋书画样样精通，说他教我弹奏钢琴从不觉得我笨。

我说我们约好要去大理，说他替我谋划未来。

可陈司不理我，回应我的只有冷风和墓碑。

"笨蛋陈司不理人，笨蛋墓碑不说话。"

地下那么凉，也不知道陈司冷不冷。

冷也活该，谁叫他十六岁就死掉，谁叫他保护我。强奸犯力气那么大，他才十六岁，怎么打得过？

怨了陈司好多年，现在不怨了，我要去给他当新娘。

你看，他还是那个样子，一点也没变。

陈司依旧十六岁，他冲我笑啊笑。

## 羽翼下的玫瑰

江川的羽翼之下又盛开了别的玫瑰。

那一刻,宋玉才明白,

她的满腔爱意始终无法宣之于口。

北京的冬天是张开口就呼出的白色热气,是热气升腾的豆汁儿,是人潮拥挤的铜锅涮肉,是热闹非凡的一条条街道。

千禧年的北京冬天也是如此,到处都透露着繁华的气息。

银色的夏利车在东华门街道自由穿梭,所到之处尘土飞扬。

那一年,宋玉住在福禄巷,遍地珍馐的北京,她穷得连口热饭都吃不上。

母亲打电话问她过得怎么样,她笑着说很好,可那会儿的她正因为付不起房租,在大雪飘落的夜里被房东赶了出来。

她笑着说北京冬天多暖和的时候，正提着行李站在路边冻得瑟瑟发抖，不知该何去何从。

北京的冬天向来是温和的，但那仅限于有钱人，而宋玉不是。

那天宋玉穿着红色亮片鱼尾裙，披着一件毛皮外套，卷发在风中肆意飞舞。她的鼻尖冻得通红，眼睛里也满是水汽，仿佛下一秒就要被风雪击碎。

江川的车就是这时停在宋玉面前的。

黑色宾利稳稳当当地停在路边，副驾驶的江川放下车窗，从窗口递出一张名片来，问她愿不愿意跟着自己拍戏。

北京的雪大得快要把人压死，宋玉无暇顾及其他，她上了江川的车，江川贴心地把毛毯递给她："盖着点，别冻伤腿。"

宋玉低头看看自己的脚踝，已经冻得发紫。

车子驶过一条条街道，随后停在了和平饭店，那是宋玉从未想过自己能踏足的地方。

包厢里，江川给她点了一杯温水。宋玉喝下去的时候，觉得整个人都活了过来。

她这时才得空仔细看江川，江川看起来比她大了很多，身材高挑精壮，梳着背头，头发不知是真的花白还是挑染的，戴着一双半框眼镜，总之看起来很斯文。不像导演，更像教授。

当晚，他们就签了合约，宋玉说："请多关照。"

江川说："认真拍戏，认真做人。"

那一年，江川三十一岁，宋玉十八岁，她不能否认，江川对她有致命的吸引力。

之后，江川去的每一个片场都有宋玉的身影，她就像一朵娇艳的玫瑰，盛开在江川巨大的羽翼之下。

江川说他会为宋玉打造专属的戏，宋玉说不会让他失望。

三年后，江川主导、宋玉主演的《朝歌》大爆，宋玉成功跻身一线，她想她真的遇到了自己的伯乐。

圈里说红气养人，这话是真的。宋玉穿着一袭红裙站在领奖台上，落落大方，任谁都看不出她曾经落魄得连饭都吃不上了。

之后的好几年，宋玉都是江川电影的女一号。

江川说宋玉天生就是吃电影这碗饭的，她的明媚不在削尖的下巴，也不在高挺的鼻梁，相反她的下颌有棱有角，鼻子也只是秀气地长在那一张有些方圆的脸上。宋玉最能打动人的是她那双眼睛，又圆又亮，笑起来弯弯的，卧蚕也漂亮得恰到好处。但若是不笑，眼神立马变得凉薄，像是心碎了满地，下一秒便要落泪。

江川为宋玉打造了太多经典的角色，风头最盛的那几年，江川和宋玉就是票房的保障，没人敢质疑江川的专业能力和选角的眼光。

好多人猜测江川和宋玉的关系，但江川从没有回应过。

宋玉跟在江川身边学到了不少东西，江川不仅教她拍电影，教她读懂角色，也教她为人处世的方法和原则，更教她选人的眼光和要求。

到后来，宋玉已经能独当一面，即使没有江川在她身边，她也依旧能在名利场上谈笑自若，风生水起。

三十岁那年，有记者问宋玉的感情问题。

她看向不远处的江川，那一年江川已经四十三岁，但他坚持健身、作息规律，身材并没有走样，反倒多了些岁月的沉淀，让他更加从容自信。

宋玉笑着说过了今晚就回答问题。

那天晚上是新电影的庆功宴，那部电影让宋玉成了百亿票房女演员，宋玉穿着简单的白色长裙，头发绑成个低马尾，那天她什么首饰都没戴，却依旧美得出众。

她想她已经三十岁了，已经成熟到可以成家了。

但那天晚上，江川身边多了一个新人演员叫姜雾。姜雾十八岁，正是风华正茂的年纪，那模样看起来宛若当年的宋玉。

江川向宋玉介绍姜雾，就像当年江川向别人介绍宋玉。

姜雾站在江川身边有些局促，吃饭的时候很多人要姜雾敬酒，但姜雾连酒都没有喝过，江川为她挡下那些酒，也告诉别人不许再叫女孩敬酒，他说他不喜欢酒桌文化。

宋玉想起来自己十八岁那年，江川也会为她挡酒，不让她碰酒。他说女孩子喝醉了总是不方便的，所以这么多年来有江川在的地方，宋玉可以滴酒不沾。

而现在江川已经成了圈里的前辈，他可以直接说出不喜欢酒桌文化，以后也都不会有人再劝他身边的演员喝酒了。

江川的羽翼之下又盛开了别的玫瑰。

那一刻，宋玉才明白，她的满腔爱意始终无法宣之于口。

江川是个聪明人，总是能轻而易举地洞穿别人的心思。他能看出宋玉当年的窘迫，能看出宋玉如今的得心应手，当然也能看出来她对他从始至终的仰慕和爱，但他没有任何回应，他知道宋玉会明白的。

翌日，宋玉动身前往剧组，但新剧的导演却不再是江川。

宋玉走得决绝，江川也没有挽留，那么多年的合作最终只留下一句："万事顺意。"

坐在飞机上，宋玉回想起好多年前初见江川的那一幕，她也没想到年少时随便碰见的一个人竟真的会与她产生这么大的羁绊。

江川确实是她的伯乐，可惜她不是江川唯一的千里马。

## 无可替代

"那么着急跑来,是不是吃醋了?"

"我吃醋到死。"

我叫唐雾,那个走在我前面的男人叫周慕。他是大学的物理老师,满脑子装的都是物理公式。

这会儿正值盛夏,暖风一阵阵地刮来,我穿着长裙走得不快。周慕身高一米八六,走路的速度比我跑的还快。

烈日晒得让人想要发火,于是我把遮阳伞往前一丢,丢到了周慕的脚边:"周慕,等我,我累了。"

他终于回过头来,想起来身后还有一个人,便撑着伞走到我身边:"走吧,我等你。"

我喜欢周慕很多年了,他大学在浙大念书,我为了追他,一路追进了浙大。毕业后,他留在本校当起了老师,我就跟着他留在本地当记者。那时候,年轻有为的周老师是我的第一个采访对象。

第一次采访,我问他的最后一个问题是:"周老师的理想型是什么样的?"

问题是我私自加上的,但他显然没有料到我会这么问,盯着我看了好一会儿,磕磕巴巴地一句完整的话都说不出来。我看见他面红耳赤,无奈作罢。

我早该料到的,他这人向来是个木头桩子,压根说不出什么漂亮话来。

最近我接了一个项目,没日没夜地忙,一连许多天,我都没空理周慕。

我们的微信聊天记录还停留在几天之前,那天我挑了个情侣头像,我用抱着小狗的女孩,他用女孩抱着的小狗。

他虽然不太在意这些,但让他当狗他总是无法接受的,最终他给我发了一串省略号后换上了小狗头像。

周慕给我发来消息——

"你很忙吗?"

我看了一眼没有回他,很快,他又发了一条——

"在忙什么？"

也许是报复心理作祟，我回他——

"忙着选人结婚。"

隔了很久，周慕没再发来消息。

十分钟后，周慕的车停在了我公司楼下，彼时我正在和甲方谈合同。

周慕拿了一堆银行卡直接冲了进来。

他急得要死地说："唐雾，选我，我钱多，都给你。"

那天周慕穿得西装革履的，因为跑得太急，微碎的刘海都被汗水打湿了。

他向来不善言辞、不懂表达，但那天，我第一次看见冰山一样的周慕也能爆发出熔岩。

后来发现是我闹的乌龙，周慕脸红到了脖子根，他扶了扶眼镜，把银行卡塞我口袋里，便找个借口先下楼了。

他在楼下一直等到我下班。

晚上，周慕开车带我去买婚戒。

我问他："周老师那么着急跑来，是不是吃醋了？"

本以为他又会觉得无聊，一言不发。

过了许久，他的衬衫被汗湿，捏着方向盘的手都在抖。

他说："唐雾，我吃醋到死。"

## 如果遗忘有声音

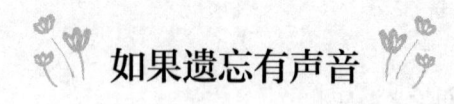

遗忘是一件很无可奈何的事。

"要忘记自己的爱人很不容易吧?"

"哪里是不容易,是根本就没办法忘记。"

"黄色药片一次三粒,白色药片一次四粒,穿蓝色外套的女人是你的妈妈,不要冲她吼。"

这是我手机备忘录里的话,这句话还被我写在便笺上贴得到处都是,但我有时候会忘记看便笺,所以还是白搭。

二十五岁开始,我的记忆力就变得很差,后来差到会忘记身边的人。

明明前一秒还在和妈妈出门买菜,下一秒就要质问她是谁。

明明上一秒嘴里还在说着我要去拿快递,下一秒就会忘记自己为什么要起身出门。

遗忘是一件很无可奈何的事,因为记不住所以常常很恼火。

我觉得我需要去医院看医生,医生建议我先住院。于是我找了一个护工,以防我又要忘记什么东西。

护工叫周尘,他一直陪在我的身边,照顾着我。

在医生的治疗和周尘的陪伴下,我慢慢地不再遗忘,而周尘也在我的记忆中越来越深刻。

医生说我需要散心,于是周尘陪我一起去欧洲,一起环岛骑行,一起放烟花。

他陪我去过很多地方,也陪我经历了很多事,我们都觉得离不开彼此。所以,他在海边向我求了婚。

求婚的地点是我选的,我不喜欢喧闹的人群,因为会让我头疼得很。求婚的时候也只有我们两个人在场,我们对着大海许愿要永远在一起。

前几天,我的医生又接了一个新的患者,叫陈沉,我们每天都在差不多的时间来治疗。

陈沉是个很漂亮的女孩子,但她总爱盯着别人看。我和周尘在一起的时候,她总会盯着我们看,通常一盯就盯很久,我们也不知道她在看些什么。

她的眼神让我觉得很不自在，有些攻击性。

我找她聊了聊，她向我道歉，然后和我聊起了她的事情。

她说她要忘掉过去。

于是，同一时间里，我在用力回忆，她在用力忘记。

我要记起我爱的人，她要忘记她的爱人。

陈沉说她有一个爱人，他们彼此相爱了很久，他们也费了很大的力气才走到了一起。

他们说好要一起去欧洲，要去环岛骑行，要去一起放烟花，还说要在海边向她的爱人求婚。

但陈沉说她的爱人有一天忽然不再爱她了。

也是那一天，陈沉似乎彻底被她的爱人遗忘。

我问："怎么能说不爱就不爱了呢？"

陈沉红着眼看我："是啊，怎么能说不爱就不爱了呢？"

我抱着陈沉安慰她，陈沉躲在我的怀里，抽噎不止。

"要忘记自己的爱人很不容易吧？"我问。

陈沉笑着点头："哪里是不容易，是根本就没办法忘记。"

那天以后，陈沉没有再来过医院，我想，她大概选择了放弃。

不久,我和周尘在海边举行婚礼。来的人依旧不多,只有一些我还记得的亲人。

快傍晚的时候,我在角落里看见了陈沉。我请她来喝喜酒,她摇头,说要去欧洲。

我抱了抱她,抬眼却见她红了眼眶。

她说我的婚纱硌得她生疼。

陈沉说我的戒指很漂亮,她以前的爱人也喜欢这款戒指,他们还买了情侣款。

我看了看她的手,果然和我的是同款的男士对戒。

"哎?那你的爱人是……"

陈沉笑着点头:"是个很好的人,如果对方没有把我遗忘,我们应该也能一起出现在这里。"

我拍拍他的肩膀,说爱自有天意,希望她能有一个好的结局。

她很快转身离开,周尘敬完酒赶来问我发生了什么。

我说:"没事,一个不太熟的朋友,看一下我们的婚礼。"

婚礼结束,我看着手指上的钻戒,忽然想到陈沉。

她独自一人,不知道她的飞机,有没有平安落地。

## 无神论者

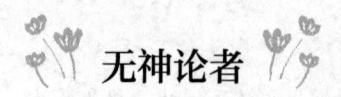

死亡是无法避免的，

终有一日要学会接受离别。

从我五岁起，母亲的身体就不好了，她常年卧病在床。

父亲在母亲紧挨着床的窗边种了一棵桃树，每年春天，桃树长出新的枝丫，开出繁花。有风的时候，花瓣会顺着窗户被吹进来，落到母亲的床上，母亲会捡起花瓣，把它们一片片地夹在书本里。

我的母亲爱看花，也很爱看书。

她是一个乐天派，即使生了很久的病，也不见她难过。我常趴在她的身边问她："母亲，你想出去看看吗？"

她总笑着摇头："不用，世界就在这儿，我正看着呢。"

不久前，母亲开始吃不下饭，身体也每况愈下，医生说她没救了，离开是迟早的事情。

听别人说普陀寺祈福很灵，于是我去了那里拜佛，祈求她能够平安。

普陀寺里有个小师傅，每次见我都要感叹我终于长大了。那位师傅看我的时候总是微笑着，看起来有些像经书上画的弥勒。我并不认识他，但师傅说他在好多年前见过我。

若只是见过一次，自然是记不得的，师傅说有两个月，母亲几乎天天抱着我去。

那时我还年幼，生了场大病，高烧不退，所有人都说我没救了，只有母亲不信。瘦弱的母亲抱着我去了很多地方，遭了好多罪。

父亲说有一次，母亲抱着我去到街上别人舞狮的地方，舞狮子的人跳来跳去，母亲怀抱着我跪在地上，祈求舞狮的人从她头上跨过去。

那是一个炎热的夏天，母亲把我护在怀里，在地上整整跪了一个小时，只为了听见别人说一句："狮子卧，百病消。"

她希望我能消除百病。

但医生治不了我的病，狮子卧了也消不了。

最后母亲来到了普陀寺，她听别人说这里祈福很灵。

她去拜佛,想保我平安。

于是在我五岁那年,母亲开始去普陀寺跪拜。

三步一叩首,从山脚拜到山顶替我祈福。一路上,许多人来来往往,没有人知道她为什么总是那样悲伤,人们总看着她,看她穿着宽松的衣服,膝盖已经跪得满是乌青。

那时候唯一能理解她的,大概只有同为母亲的女性。

她连续拜了四十九天,每天拜两小时。

小师傅说母亲抱着我去了普陀寺一次,那是我病好了以后,母亲把我抱来求平安符,小师傅就是给我平安符的时候认识我的。他说他不会忘记那个平安符,因为那是一位母亲耗尽力气才换来的。

而那次求了平安符之后,小师傅便再也没有见过我的母亲了。

因为自那天以后,母亲就病倒了。

在我小的时候,母亲总要喝很多很多中药,父亲总是不厌其烦地给母亲煮药,他会把药喂到母亲嘴边,因为母亲已经虚弱得连端碗的力气都没有了。

母亲依旧喜欢看书,看很多关于物理和天体的书,父亲则会把母亲爱看的书都放在她的手边,方便她拿。

我想如果母亲能一直这么陪着我也好,但母亲说死亡是无法避免的，父亲告诉我，终有一日要学会接受离别。

母亲最后还是离开了。

送走母亲后，我又去了普陀寺，我问师傅母亲那样乐观，我也虔诚地为母亲祈祷，为何母亲仍旧离开了。

师傅放下扫帚告诉我，我生病的时候母亲不是乐天派，是来了普陀寺以后母亲才变成乐天派的，因为她求佛祖把她的福气传给我，保我一生平安无灾。

只要我平安，她就开心。

佛祖向来能看见世人虔诚的祈求，但佛祖也是守信用的，帮了母亲便不能再帮我了。

我不知道平日弱柳扶风般的母亲，每日是如何跪完那1088级台阶的。

我知道母亲生前是物理学教授。

没当母亲前，她曾是坚定的无神论者。

后来我翻开了母亲的书，那些关于天体的书上并没有太多我看不懂的物理学公式。

那上面只有一句话——

"如果真有来生，我仍愿做你的妈妈。"

## 流浪汉

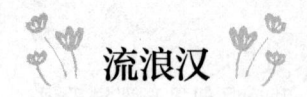

我惊讶人性的善与恶,

我想,

人类果然好奇妙。

因为家暴时被打到了脑袋,我忘却了很多事情。

虽然母亲及时把我送进了医院,但好多记忆却再也回不来了,我甚至不记得被家暴的原因到底是什么。

医生建议我住院治疗,说不定还能想起来一些过去的事。但自从住院后,除了母亲偶尔来看我,医院里常常就只有我一个人。

最近有人来医院看我,他是个很高的流浪汉。

流浪汉常常穿着一身破旧的蓝色运动服,头发很长,戴着鸭舌帽。我看不清他的脸，他的鞋子一看就是被精心擦过的，但鞋子太破了，擦得再干净也于事无补。

直觉告诉我，这个流浪汉和我的家暴有关。

他来看我时总是鬼鬼祟祟，我便躲着他，甚至拿东西打他。

再后来，他来看我的时候总是远远站着，走时又带着一身伤。

他来看我的频率很高，几乎每两天就会来一次，尽管他的衣服从来没换过，却并没有什么异味。大概没来的那两天是留在家里洗衣服，等衣服晒干了，再穿了来看我。

流浪汉最后一次来看我时剃了光头。他离我很远，声音哽咽地说："糖小姐，我以后不会再来看你了。"

我不姓唐，我不知道他为什么莫名其妙这样叫我。

我只能略带抱歉地告诉他："谢谢你来看我，但我不姓唐，你也许认错人了。"

流浪汉看向我，无助地哭喊起来："糖小姐，我没命再来看你了。"

他不听我说话，只是自顾自地说自己的事情。也依旧穿着那身破衣裳，局促地站在门口。

他一个人蹲在门口，悲痛地号啕大哭，好像住院的人是他，而不是我。

他哭够便离开了，临走前他回头看了我一眼，给我鞠了一躬。

那以后，我再也没有见过他。

出院那天，护工递给我一封信，信上只有两句话。

"糖小姐，世道艰难，因为你，我有幸真切地活过。"

"糖小姐，回忆很难，所以忘了我也没关系。"

我知道这大概是那个流浪汉写给我的，我把字条拿给丈夫看，丈夫便随便找了本书，把字条夹了进去。

"也许是认错人了，不过还是收起来吧，万一他以后来要呢？"

好多年后，丈夫和我说起一个流浪汉的事情。

丈夫说他们那里曾有一个女孩，差点被家暴的父亲打死了。

不过那女孩运气很好，有个流浪汉路过救了她，最后女孩还是受了点外伤，但具体什么情况他也不太清楚了。

不过那个流浪汉就没那么幸运了，他有癌症，要不是替女孩挡了一刀，或许可以活得再久一点。

我惊讶人性的善与恶，我想，人类果然好奇妙。

我今年三十岁了，我的孩子也已经上幼儿园了。

接女儿放学的时候，我们总能在路边遇见一些流浪者，我的女儿总爱把口袋里的糖分给那些流浪汉。

这是我教她的，除了金钱，我想饱受疾苦的流浪者们也会需要一些爱和甜。

那些流浪汉很喜欢我的女儿，总是亲切地叫她："小糖宝。"

女儿喜欢穿裙子，喜欢扮演公主的角色，后来那些流浪汉就叫她："糖小姐。"

我忽然想起好多年前来看望我的流浪汉。

一别多年，不知道他现在过得怎么样。

## 跟踪

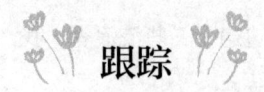

墙壁上全是他用钥匙刻下的祈求平安的字眼。

不知道那些忘记他的日子里，

他一个人在那里蹲了多久。

第一次遇见那个男人，是在两个星期前的某个傍晚，那时我正走在下班回家的路上。

男人大概四十多岁，戴着顶鸭舌帽，穿着一件破旧的黑色运动服。他在我身后十米左右的位置，从公司到回家的路上，一路跟着我。

回到家后我立刻把门反锁，透过猫眼，我看到男人在门口徘徊了一会儿就离开了。

我今年二十三岁，去年来到这座陌生的城市，我不熟悉这里的房屋，也不熟悉这里的道路，更不熟悉这里的人，我无枝可依。

我想，如果再遇见他，我就报警。

第二天，果真又在超市遇见了他。我买萝卜，他也跟着买萝卜；我去哪儿，他也去哪儿，他总会在我的周围徘徊。

我有预感，他还会一直跟着我。

于是一出超市，我就打了电话报警求助，警察说会调查，但他们迟迟没有过来，而那个男人依旧跟着我。

我有些害怕，可拿出手机又不知道该给谁打电话。

所幸，那个男人每次都只是跟着我，并没有做出任何伤害我的事。

两个星期后，事情有所变化。

那天下起了暴雨，我没有带伞，只能从公司淋着雨跑回去，好在家离得近，并不需要跑太久。

从公司出来的时候，那个一直跟踪我的男人没有出现，这突如其来的变化反倒让我有些害怕。

果不其然，一进家门，我就察觉到房门被人打开过。

我有种不好的预感——那个男人现在可能闯进来，躲在了我的房间里。

或许藏在厨房，在卫生间，在卧室的床底，又或许——藏在我刚刚打开的那扇门后面。

我愣在原地一动不动,心脏不断地跳动着,速度越来越快,像是要从胸口蹦出来。

我本能地往外跑,可刚转身就被屋内的人拽住了胳膊。

恐惧一瞬间涌了上来,我抓住门边的笤帚就往男人的头上砸去。

一下,两下,三下……

我也不知道打了多少下,总之男人没有还手。

血迹顺着他的额头流了下来,而他只是拽着我的胳膊,呆呆地看着我。

因为反抗的动作幅度太大,包里的东西撒了一地。

"别动啊,楼下就是派出所,我告诉你。"我用笤帚指着他,叫他不许动。

男人果然没有动,我蹲在地上慌忙捡起东西,准备找个间隙报警,却无意中捡到一张病历单。

医生的字我向来看不懂,我只认得几个。

楚懋,阿尔茨海默病。

我捡起我的身份证看了一眼,上面写着——

楚慈

1997年11月6日

　　窗外大雨滂沱，电闪雷鸣的那一瞬间，我想起来了，我叫楚慈。

　　我生病了，但什么时候得的病却已经记不起来。

　　我蹲在地上，陷入无穷无尽的思考，我拼命地想要想起以前的事情，想起过去的人，可我的大脑一片空白。

　　大雨依旧不停地下，我开始把目光转向那个男人。

　　男人局促地站着，手里拿着一把黄色的雨伞："下雨了，要出门的话，带把伞吧。"

　　他把伞递给了我，冲我不自然地笑了起来。男人笑的时候右边嘴角向下，这一点和我很像。

　　我想起来了。

　　我鼻尖一酸，不确定地喊了一声："爸？"

　　男人愣了一下，眼眶瞬间红了起来："嗯，下雨了，我来给你关窗。"

　　原来他真的是我爸，怪不得我怎么打他，他都不还手。

　　爸爸木讷的脸上展露出了笑容，他把伞放到一边，想要靠近我，却最终只是向前迈了两步，蹲在我的身边。

我的手开始不由自主地发抖。

爸爸递给我一张纸巾，又低头给我系起鞋带："幺儿，鞋带要系紧，走路不要绊倒。"

他不说伤口疼，也不怪我忘了他，只是帮我捡起散落一地的东西，拉着我回家。

房间里原本昏暗的灯被他换成了更明亮的，乱七八糟的沙发也被他收拾得干干净净，桌子上是他为我做好的热气腾腾的饭菜。

我们面对面坐着，我仔细地端详着他的样子，才四十多岁却已经满头白发，一双手粗糙得不成样子。

爸爸不吃饭，只是心疼地看着我。

突如其来的事情淹没了我，饭也变得难以下咽，我看着爸爸说："对不起啊，爸，我差点就忘了你了。"

爸爸听见我的话，忽然号啕大哭起来，捂着脸不断地抽噎，支支吾吾地说："怎么会怪你呢，怪爸没有给你一个健康的身体，是爸对不起你。"

可我怎么会怪我爸呢？

家门边的楼梯道里有满地的烟头，墙壁上全是他用钥匙刻下的祈求平安的字眼。不知道那些忘记他的日子里，他一个人在那里蹲了多久。

我忽然想起我妈去世前也得了阿尔茨海默症,而爸爸已经被遗忘过一次了,可是很快,他又要面临第二次遗忘。

"110吗?有陌生人私闯民宅,麻烦你们过来一趟。

"你站着别动啊,我告诉你,警察马上就来。"

桌子上的菜还冒着热气,窗外下着大雨,希望这一次,警察真的会来。

许兰杰，你跑快点

## 远方

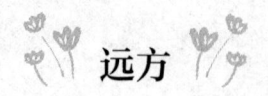

他写的歌里有很多马乐没听过，也没见过的东西，
他幻想着有一天，
自己也能去到李帅歌里写的远方。

街尾的那个桥洞一开始只属于马乐一个人，那是马乐好不容易才找到的能扛住风吹日晒的地方。

下雨的时候，桥洞会变得很好看，雨水顺着桥洞边缘，一滴一滴砸到地面上，像是一大串水晶吊坠。雨滴碰到地面的时候会炸开来，像是一朵盛开的昙花。

马乐没有钱，小时候被父母丢弃，后来偷粮被人打断了一条腿，他找不到太好的工作，每日靠捡捡垃圾糊弄糊弄，就这么活了下来。

打破他规律生活的人是流浪汉李帅，他总背着一个大大的黑包，在这附近流浪。

李帅是在一个雨夜来到这个桥洞的，那天夜里，他一屁股坐到了马乐唯一健全的腿上。

马乐吓了一跳，骂了一句："谁啊？瞎了眼了，看不见这儿有人？"

李帅被突然说话的声音吓到，回了一句："不好意思，没注意。"

于是李帅自顾自地坐到了马乐好不容易铺好的硬纸板上。

马乐对自己很好，他先在地上铺了一层雨布，雨布上面再铺上一层稻草，稻草上面再铺一层雨布，雨布上面再铺一层硬纸板，硬纸板上再铺上一层厚厚的海绵和棉花，最后把捡来的一些破衣服洗干净铺在上面他才睡觉。如果不这么做的话，夜里会变得很冷。

李帅的屁股挪到马乐铺的床上时，就觉得马乐是个天才，因为他铺的床比自己在马路边铺的舒服多了。

李帅戳了戳马乐说："兄弟，借睡一下。"

马乐铆足力气，又用唯一的好腿猛踹了李帅一脚："你有病吧。"

李帅没有生气，他把自己的包抱在怀里，硬躺在马乐的床上睡了一夜。

马乐觉得自己有一种被玷污的感觉，他觉得李帅冒着雨回来，身上湿透了，又脏兮兮的。马乐很爱干净，他有些嫌弃李帅。

他以为等天亮了李帅就会走，但李帅并没有离开。

八点钟左右，雨停了下来，太阳也出来了，城市里的人们陆陆续续地上班，马乐也不例外，他要出门捡垃圾了，而李帅还躺在他的床上呼呼大睡。

马乐没再管他，先走出了桥洞去拾荒，但等到中午回来的时候，看到李帅还在睡着。

下午马乐要去卖废品，倒腾了好长一段时间，再回来已经是晚上七点了，而李帅还在睡。

马乐觉得李帅大概不是在睡觉，也许是死了。

正当马乐要去报警的时候，李帅醒了过来，他说自己很饿，然后拿起马乐辛苦半天买回来的饭，吃了个一干二净。

马乐忍无可忍，要去报警，但李帅阻止了他。

"放心，我不会白吃，会赚钱给你的。"

于是李帅背起他的黑色背包，踏进了夜色中。

直到音乐声从路边传出来的时候，马乐才知道李帅一直背着的是一把吉他，他是一个真正的流浪歌手。

就这样，李帅每天很晚才回来，回到桥洞的时候，也会给马乐带些吃的。

那些都是路人打赏给李帅的，路人夸他唱得不错，李帅便邀请大家参加他未来想筹办的演唱会。可人们却嗤之以鼻，因为大家都知道，流浪汉是没有未来的。

李帅把鸡窝似的头发理顺，把头发别在耳后，说自己以后一定会是很棒的歌手。人们笑了笑说，没有哪个歌手会有乱七八糟的发型和粗糙的胡茬。

马乐吃东西的时候，李帅就在旁边给他唱歌。

他写的歌里有很多马乐没听过，也没见过的东西，他幻想着有一天，自己也能去到李帅歌里写的远方。

李帅说外面的世界很精彩，他一定要去看一看。

马乐不再嚷嚷着要赶走李帅，他觉得两人共享一个桥洞也没什么不好。

李帅有很伟大的雄心壮志，他说以后出了名、赚了钱，要买最贵的车，再给马乐买一栋最贵的房子，前提是马乐要把他桥洞里的床也搬进去。

马乐觉得李帅对他好得莫名其妙。

李帅说自己祖上的先人是李世民，也许马乐祖上的是马周，一起干过活的总会有些缘分。

李帅日夜不停地写歌、唱歌，他相信总有一天他会出人头地的，他问马乐相不相信他，马乐只好点头说信。

没过多久，李帅攒够了钱，带着马乐搬到了一间出租房里。

马乐的腿脚不方便，李帅便特意租了一楼的房子。

李帅说："马乐，你看着吧，我真快火了。"

马乐说："我正看着呢。"

李帅永远都自信开朗，他总把所有的事情都往好的方面想，马乐却与他相反，总觉得得过且过最好，反正最后都是要死的，哪怕是乐观的李帅。

马乐拄着拐杖赶到医院的时候，医生告诉他李帅已经病得很严重了。

那一天，马乐才知道李帅早就患有癌症，根本活不了多久。

李帅虚弱地躺在病床上，告诉马乐自己不是每天故意睡那么久的，有好几次其实是疼晕过去了。

马乐气得要离开，他不明白一个快死了的人，为什么还要和他牵扯上关系。他这一生总是在被抛弃，谁都可以忽然闯进他的生命里，再忽然离开。

马乐气得走出去很远，最终又拎了一杯粥回到了医院。

他扶起李帅，慢慢地给他喂粥："我自己都在流浪，现在却还要照顾你。"

李帅苦笑着说道："都是流浪的，给个面子吧。"

自那之后，都是马乐在照顾李帅，李帅也越来越虚弱，直到他再也拿不住吉他。

有一段时间，医院里的人经常能看到两个坐着轮椅的人在病区里四处游荡，那是马乐和李帅出门晒太阳。

某天天朗气清的时候，李帅说："马乐，我觉得我快死了。"

他说："马乐，我要是死了，你给我买口最便宜的棺。"

马乐没有回应他，他在盯着远处的樟树出神。

这会儿已经是秋天了，树叶一片一片地飘落下来。最后一片叶子顺着风的力量，落到了李帅的脸上，盖住了他的眼睛。

他们从下午坐到了傍晚，又坐到了夜里，马乐一句话都没说。

第二天，马乐给李帅办理出院手续，他去棺材铺用所有的钱给李帅买了口最便宜的棺，然后费了好大力气才把他埋在了山上。

山上风景好，视野也开阔，能看得到远方。

不久，城市里火了一个流浪歌手，他抱着吉他，瘸着一条腿，唱着远方，一直流浪。

他声音嘶哑干裂，每次唱歌都像要把心肝脾肺都吐出来一样。

他写了一首歌叫《写给李帅》，他唱得撕心裂肺，最终赢得一片叫好。

那首歌拿奖的时候，人们要他发表获奖感言，他沉默好久，说："大家好，我的朋友叫李帅。"

那时人们对流浪歌手的歌有了新的定义，叫民谣。

人们也不再觉得抱着吉他唱歌的流浪汉没出息，他们大声夸赞，用力追捧。

他们说，那是艺术气息。

## 草原的明天

他们大声地唱着《敕勒歌》，

风吹过来时，草地翻滚着，

马吉的眼泪也被风吹干，

印在了脸颊。

"马吉如果选择死亡，那么兰娜也一定活不成了。"

这是那日苏说的，但那天晚上，马吉还是选择了死亡。

兰娜出生的那天，马吉在母亲身边忙前忙后地侍奉着。他要给母亲递水、递剪刀，跑来跑去的同时，还要注意母亲的状态。他学着那些接生婆的模样，要母亲多喝水攒住力气，要母亲加油用力。

马吉的母亲下身赤裸、满头大汗地躺在一床羊皮床单上，身上盖着一层布。马吉拿了一条毛巾给母亲含着，又让她抓住床单借力，可母亲的表情依旧太过痛苦。房间里充斥着浓烈的血腥味，房间外是满地的牛羊，就连马吉家的羊也是那天产崽的。于是马吉接水换水的间隙，能听见母亲和母羊轮换着的嘶叫声。

羊崽是先生下来的，母亲的叫声是后停下的。马吉给小羊盖上毛毯，给母羊喂了些奶，又回到房间去看他的母亲。这时候他母亲的头发已经被汗水全部打湿，身上的衣服也湿答答地粘在一起，身子下边是刚生出来的兰娜。

马吉抱起兰娜，像给小羊盖毛毯一样，也给兰娜盖了一床毛毯。他把兰娜抱到母亲的身边，这时才发现母亲已经安详地闭上了双眼。兰娜睁开双眼，第一眼看见的却是母亲的尸体。

吉尔格勒回来的时候已经是晚上了，马吉已经给母亲净身，盖上了白布，兰娜则被他放到了羊圈里喝羊奶。

吉尔格勒很快便明白这是怎么一回事，她把马吉揽在怀里，叫马吉别怕，告诉他事情的开端都会有困难，她说一切还有她。而她自己呢，虽然老伴生前是嘎查达①，但她到底不过是一个花甲之年没了老伴，又死了儿子的妇人罢了。

---

① 蒙语，指村主任。

马吉在一阵火光中送走了他的母亲。

葬礼结束后,吉尔格勒牵着马吉,抱着兰娜去草原放羊。

敕勒川,阴山下

天似穹庐,笼盖四野

天苍苍,野茫茫

风吹草低见牛羊

…………

他们大声地唱着《敕勒歌》,风吹过来时,草地翻滚着,马吉的眼泪也被风吹干,印在了脸颊。草原是一望无际的,野草是吹不尽的,马吉也是。

"额么格①,草会被羊吃完吗?"马吉问吉尔格勒。

吉尔格勒驱赶着羊群往前走:"会,但草还会再长的。"

"可羊也会长,还会生。"

"自然的法则会让我们都活着。"

吉尔格勒对着草原鞠躬,马吉也跟着鞠躬。

---

① 蒙语,指奶奶。

"马吉，草原是我们的命，我们要保护草原。"

"嗯，额么格。"

母亲还在的时候，经常告诉马吉要敬畏自然，她告诉马吉烧火取暖时不能去砍伐森林，烧牛、羊、马粪是为了净化草原，使草原生态始终处于良性循环的轨道。她还告诉马吉，水是生命之源，因此污染江河、湖泊、山泉的行为是大逆不道的。

"喝的水是阿尔山，养我的土地是金子。"这是母亲最常和马吉说的话，所以从孩提时起，马吉便知道，爱护自然是草原人一生的使命，而马吉的使命是被苏赫斩断的。

苏赫带着乌泱泱的一群人来到了这片草原，他们就住在阿尔山脚下，喝着山泉水，搭起一个又一个的帐篷。

那时的马吉已经十八岁，兰娜十四岁，他们每天上午骑马赶往学校，傍晚又骑马赶回家。十四岁的兰娜已经比好些男孩还要勇猛，但她总爱粘着马吉，像是马吉的尾巴。

"啊哈，跟上我。"马儿飞奔在马吉前面的时候，兰娜爱回头挑衅马吉，马吉会加快速度跟上兰娜，等到他们回到家的时候，吉尔格勒已经做好了晚饭等着他们。

苏赫是在一个傍晚忽然来拜访他们的，他穿着长袍，踩着长靴,恭恭敬敬地站在马吉家门口。

马吉喊一声"额么格",苏赫也跟着喊一声"额么格"。

"是你奶奶吗你就叫?"兰娜拴好马,站在苏赫面前问他。

她不是没听说过苏赫,自从这伙人来了之后,阿尔山上的伐木声就没有停过。马吉告诉过她的,破坏自然生态的都不是好人,打破自然法则,人要受罚的。

苏赫没有理会兰娜,撩开帘子进了门,并不客气地坐到了餐桌边。

他的目的很简单,他要赚钱,要砍树,要获得吉尔格勒的支持。

吉尔格勒是这里最年长的人,有了吉尔格勒的支持,他就可以更加理直气壮了,可是草原人的信仰不是那么容易撼动的。

"离开这里吧。"吉尔格勒这样劝说苏赫。

苏赫掀翻了桌子,把马吉的家砸得稀巴烂后扬长而去,不过他也尝到了一些苦头,因为兰娜抡起木桩把他的腿砸瘸了。

"谁能来帮帮我们?"兰娜问。

"不要指望任何人。"吉尔格勒答。

苏赫依旧每天带着一众人上山伐木,草原上的人大多对他们表示不满,说会有天灾,可谁都没有办法阻止他们的行为。

草原依旧一望无际,但草原上的人却越来越少。人们背井离乡去了遥远的地方,留给草原的是一片碧绿和成群的牛羊,年迈的老人和留守的儿童成了草原的主人。

马吉找到那日苏的时候,那日苏正在擦家里的电话。

"这个……能联系报纸吗?"马吉指着电话问。

"什么报纸?"那日苏依旧在擦着电话,但他很快反应过来马吉要干什么。

"可以,但多半会石沉大海。"

"树要是被砍光了,草原就会变成海。"

那日苏没有打电话给报社,而是直接打电话联系了记者,请他们来这里现场报道。

记者来的那天,草原上的人热情地欢迎了他们,他们给记者献上哈达,请他们喝刚煮出来的奶茶,拉着他们跳舞,带他们去篝火旁取暖。

马吉缩在那日苏的身旁,看着舞动的人群,耳朵里却还是听见了山上传来的伐木机的声音。

"老师,记者来了,报道出去就会有人看吗?"马吉问。

"不知道,也许会吧,但大多数人不会对草原有兴趣。"那日苏说。

"那他们对什么有兴趣?"

那日苏低下头，答不上来，他不知道外面的世界究竟是怎样的，他更不知道草原的明天是怎样的。

马吉带着记者上山的时候，记者们还在说昨天晚上的奶茶有多好喝，羊肉有多鲜美。

吉尔格勒拄着拐杖答应他们，下了山还会热情接待他们。

记者的相机对准着的是山下一望无际的草原，山上的树还有很多，记者嘟囔着："树还有很多啊，并不像电话里说的那样严重。"

马吉不懂新闻讲究的是事实性，他只知道眼前的这些树要不了几天就会被砍去大半。

到了山顶，大家都在感叹这里的空气有多清新，云层有多低，只有马吉抓紧了兰娜的手。

"这个……会把苏赫做的事告诉所有人吗？"兰娜指着摄像机问记者。

记者说："我们会尽力。"

"不要尽力，要保证。"兰娜说。

"全国每天都有很多新闻，要引起别人的重视是很难的。"

"难就可以不管吗？"

"我们没说不管。"

"管就要把这个对准这座山。"

兰娜把镜头对准了阿尔山,也对准了山上的自己和马吉。

"额么格,没人注意就去找下一片草原。"兰娜这么对吉尔格勒说。

等吉尔格勒抬头想回答兰娜的时候,马吉已经拉着兰娜的手跳了下去。

耳边的风呼啸而过,云层变得越来越高,草木的清香也变得越来越近,当马吉看见山顶的摄像机对准自己的时候,他想他成功了。

人们不会对草原感兴趣,但人们一定对死亡感兴趣,尤其是别人的。从想明白这件事开始,他们就没想过要活下去。

苏赫离开了那片草原,草原上还来了很多专家,他们告诉草原上的人,应该如何采取科学的办法保护草原。

吉尔格勒仍旧坐在蒙古包前准备晚饭,但马吉和兰娜再也不会回来了。

好多个夜晚,那日苏躺在草地上会想起他的那两个学生。

他们善良又勇敢,当马吉说出人们对热闹感兴趣的时候,那日苏瞪大了眼睛,他不知道一个孩子是如何明白这样深刻的道理的。

当马吉说要拿自己的生命营造一个热闹的时候,那日苏又佩服他的勇气。

他提醒他："马吉要是选择死亡，兰娜也一定活不成了。"

马吉说："生在草原就要死在草原，这是兰娜告诉我的。"

六畜的前两只蹄踩过的地方，其后两蹄一定能够踩到，马吉的父亲是护林员，在马吉小的时候就因公殉职了，而马吉，如今也踩到了父亲当年踩过的地方。

蒙古人不会轻易发誓、许愿，承诺的事情想尽一切办法也要做到。

马吉答应过吉尔格勒要保护草原，他说到做到。

风儿吹过草地，马吉家的小羊不断嘶叫，那些小羊如今已经长大，眼看又要下崽了。

## 🌷 红色布袋 🌷

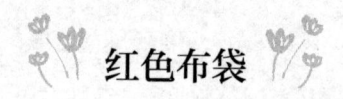

一切都有定数，

该生的时候就会生，该亡的时候就会亡。

生与不生都有它的道理，

这不是我们两个人能决定的。

父母离婚那年，我刚满五岁。

他们离了婚就着急着离开，没有人记得把我带走。

那天我赤裸着上身，鞋子也没穿，我在田埂上用土块摆了三个小人，代表着我们一家三口。但那天他们离开得很决绝，没有一个人为我停留。

我把土块丢进了水渠。

我知道，我也要被丢下了。

田埂两边刚长出一些嫩草，春日的阳光一照，一股清甜的味道便顺着风窜入我的鼻腔,后来我一直觉得难过是青草味的。

傍晚,夕阳快要落山,晚风从山那边刮过来,我才觉得有些冷了,冷得开始发抖的时候,爷爷骑着二八杠的自行车从远处慢悠悠地过来。

他拿了一件棉袄给我穿上,在自行车前杠上垫了两件毛衣,抱着我坐上了自行车。

他攥着车把控制方向,我则用手扶着车把,顺着他找到的方向走。

爷爷没有钱,住的房子也破破烂烂的。

泥土夹杂着稻草糊成了墙,三块青石板铺在院子里,成了一条路。堂屋不大,窗户也小,每天下午五六点的时候就开始上寒气,寒气一点点弥漫,一直蔓延到我的膝盖处。

堂屋中央是一张长木桌子,桌子上放着一台老式电视机,爷爷说那是我爸妈结婚时候买的东西。那台电视很古老,只能收到八个频道,不上学的时候我就守着放卡通节目的"8"频道。

就那么一小间房子,我和爷爷却在这里生活了好多年。

爷爷碍于我是个女孩,从不和我一起睡。那么多年,他都是在地上铺些稻草，打个地铺当床睡。

起初，我总在夜里哭，哭着找我妈。

我哭得很伤心，爷爷就教我做竹筐，他把竹条打磨得光滑平整，给我戴上手套，防止竹条划伤我的手。

"竹条在你手里头，竹筐要编成啥样，你自己决定。"

"我不晓得那么多花样。"

"我教你，你要学，你要让自己的竹条好看起来。"

由于我年纪小，注意力总是不集中，编一会儿便困了，想睡觉的时候就又会想我妈，于是眼泪又要忍不住地流下来。

爷爷没办法，只能学着样子唱歌哄我睡觉："红萝卜，咪咪甜，看到看到要过年，娃儿要吃肉，爷爷有得钱。"

我问爷爷："肉是啥子味道？记不清了噻。"

爷爷在床边看着我，昏黄的烛光照在他的脸上，那些皱纹就成了沟壑。

爷爷说："快睡，睡醒了有肉吃。"

我听了爷爷的话睡着了，眼角还挂着难过的眼泪。那天，我的梦里没有出现妈妈的身影，而是一大碗喷香的猪肉炖粉条。

我睡得太过香甜，而爷爷却挑着灯编了一夜的竹筐。

第二天起床的时候，爷爷正在收竹筐，我跳下床来，往桌子上看了一眼，空荡荡的什么都没有，又转身去帮爷爷收竹筐，收一个数一个，一共是一百零九个。

"爷爷，路上莫着急。"

"好，在家乖乖等到。"

一百多个竹筐凑在一起也是庞然大物，爷爷的身影被竹筐衬托得就只剩下一点点了。

以至于长大后，看见别人承受巨大的压力仍能生存下去的时候，我都觉得不足为奇了。因为从这时候起，我就明白了人的抗压能力是无限的，没钱的穷人更是。

爷爷回来的时候几乎都是傍晚，但那天却回来得极早，没过晌午就回了家。

一进家门，我就看见爷爷脸上藏不住的笑意。

他捂着怀问我："猜爷爷带了啥子？"

起初我不吭声，因为看到他的脚踝还流着血。

"疼不？"我拿毛巾给爷爷擦拭脚踝。

爷爷说："不疼。"

随后把裤腿拽下来盖住了伤，又从怀里掏出一块猪肉来。

"吃肉喽，开心不，幺儿？"

不孝的我对爷爷的心疼很快就被猪肉所取代，我围着猪肉蹦蹦跳跳地说:"开心,开心!"

我在院子里大吼大叫,宣泄着我的兴奋,想让全世界都知道我终于吃上了猪肉。

吃饭的时候只有我在大快朵颐,爷爷不怎么动筷夹肉。那时候我觉得爷爷就是神,是想要什么就有什么的神。

而爷爷全身上下最神秘的地方,是挂在他腰间的红布袋。

布袋时而鼓鼓囊囊,时而干瘪,无论爷爷换什么衣服,布袋从来没有离开过爷爷的身上。

爷爷说袋子里装的是他的宝贝,连我都不许碰。

我说爷爷是小气鬼,爷爷说我是贪心鬼。

那是温暖的四月,阳光明媚,门前的柳树冒出嫩芽,枝条在池塘边晃晃悠悠的,让我想沉睡过去。

我和爷爷坐在板凳上,大门敞开着,满院子里跑的是巴掌大的鹅黄色小鸡崽,风吹过来的时候,迎面送来的还有些温乎的鸡屎味。

但我并不觉得臭,开心使我的嗅觉暂时失灵,我只想和爷爷永远在这里生活下去,就算爸妈都不要我了也没关系,因为我还有爷爷,我们还有一院子的小鸡。

可事情总会有变化的,无论是好是坏,就像我以前问过爷爷:"以后我长大了也编竹筐卖,行吗?"

爷爷说不行。

他说时代变化得太快了,等我长大后竹筐就更不值钱了,一门手艺除非做得炉火纯青,要不就很难在圈子里立足,而炉火纯青是需要时间的,我没有那么多时间编竹筐,我要学习。

"那要是没有炉火纯青的手艺人咋办?"

"一切都有定数,该生的时候就会生,该亡的时候就会亡。生与不生都有它的道理,这不是我们两个人能决定的,我们要学会接受。"

那时候我还听不懂爷爷说的话,后来我才明白那是他给我上的最后一课,名字叫作"接受现实"。

2009年的冬天,爷爷病重了,那时候的我已经大学毕业,有了工作也有了钱。自从工作后我便成箱成箱地给爷爷买补品,他不愿去城里,我便把老屋翻修一遍。我想,只要是能用钱解决的事,我一定都能解决。

可爷爷躺在床上奄奄一息,医生告诉我花再多的钱也救不了了。

于是,我又开始像小时候一样窝囊地哭了起来,但这时候,爷爷已经没了抬手为我擦泪的力气。

他躺在床上,盖着被子,身体薄得像一张纸。

我给他掖被子的时候,又看见了他脚踝处的疤。

那年他背着比自己大了数倍的竹筐佝着背往前走,泥泞的土地上,他一定摔倒了无数次,但他一定每一次都竭尽全力地站起来,再把竹筐稳稳当当地背在背上。

他想,再坚持一下,他的孙女就有肉吃了。

我的眼泪哗啦啦地掉,爷爷盯着我看了好久。

"你是哪个?"他已经认不出我了。

我轻声唱:"红萝卜,咪咪甜,看到看到要过年……"

爷爷浑浊的眼睛转动着:"幺儿,莫怕!爷爷有钱买肉!"

我说:"我晓得。"

爷爷后来也不再回应我,我失去了世界上唯一的亲人。

爷爷被我埋葬在老屋附近,整理遗物时,我打开了他的红布袋,里面是他没吃完的干馒头。

而多年后,我才知道爷爷给我唱的那首歌,歌词的最后一句其实是——

Part3 如果遗忘有声音

　　娃儿要吃肉

　　老汉没得钱

歌词是爷爷改的,我的命也是。

## 映山红

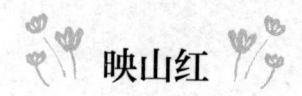

太阳升起来了。

那漫山的映山红,如火连天。

1942年春,敌军攻打我们的乡村,一时间到处战火纷飞,村民们大多躲到了地下,有些跑不动的妇孺,便葬身枪林弹雨之中。

房屋被炸毁,百姓被摧残,而我们能做的却只有躲起来,祈求敌军快些离开。

我哥和我姐就是在那场战争中相遇的。

我姐逃跑的路上扭伤了脚,走不动,我哥转身抱起我姐一路跑到了藏身点。我姐保守又害羞,连句谢谢都不和我哥说。

乡里人凑在坑里聊天的时候,我哥还说我姐害羞过了头,连句谢谢都不说。

直到别人告诉我哥,我姐是个哑巴的时候,他的脸才欻的一下红了起来,而我姐却躲在角落偷偷笑着。

轰炸结束,他们逃到家里时已是深夜。

我姐的家被炸得只剩下灰烬,她的亲人也全都在纷乱中撒手人寰。

我姐仍然一句话都说不出来,趴在我哥怀里哭了一整夜。

或许是我姐的眼泪太滚烫,烫得我哥心疼,不久后,我哥便去参军了。

他穿上家里唯一干净的衣裳,从尸堆里捡了一把枪就出发了。临行前,我姐拉着我哥的手不放,她眼泪不断地流,摇摇头又晃晃手——她想我哥留下来。

我哥给了她一把杜鹃花种子,说杜鹃花开的时候,他就回来了。

回来,那就是仗打赢了。

仗打赢了,他们就能结婚了。

就这样,我姐一声不吭地等了我哥好多年。

后来,我们的村子仍旧时常遭受轰炸,但彼时家里已经没有了青壮年,每次敌军来的时候,都是我姐拖着一家老小到坑洞躲藏。

村里的人越来越少，也越来越没有人气，但我姐始终住在那里。

窗户坏了，她就搬来梯子自己维修；没饭吃，她就去后山摘野菜，做一家子的饭。她把我们一家都照顾得好好的，像个新媳妇一样。

我姐就这样，一声不吭地等了我哥好多年。

1945年的冬天，家里收到一封来信，信上说我哥在战争中牺牲了。

我看完后抹了把泪，将信藏了起来，打算以后再告诉我姐。

于是我姐依旧执着地等我哥回来。

1946年的春天，我姐去了一趟后山，她说她要去种杜鹃花了。

我这才想起来多年前我哥给她的杜鹃花种子。

"那么多年了，种子还会开花吗？"我问。

我姐转过身来，冲我点头，她示意："花一定会开的。"

1949年，仗终于打赢了，举国同庆着这一场胜利。

我姐看着漫天的烟火,眼泪流到地上,就好像好多年前我哥离开家的时候,她也这样哭得叫人心碎。

第二天,我姐又去了后山。这一次,我跟在我姐身后,也去了后山。

这么多年,我姐总是一个人去后山,一去就是好半天。

到了后山我才发现,那里被我姐种满了杜鹃花,花中间有个小土堆,我姐就站在土堆前。

她摘了一朵开得最艳丽的杜鹃花别在发梢,那天的她穿着红色碎花小袄,就像新婚的小新娘。

她在土堆前站了好久,颤抖地比着手语。

她说:"阿生,我们打赢了。"

原来那是她给我哥堆的坟。

也是那天,她失足坠崖,而我离得那么近,却来不及抓住她。

也是那天我才明白,其实她什么都知道,她知道我哥已经回不来了,她等的早就不是我哥了。

她等的是一场胜仗,是我哥黄泉下的心安。

我家有一个账本,是我姐一笔一画记下来的,除去些日常花销,我姐的钱全都花在了买种子上,她买了一堆又一堆杜鹃花的种子。

我这才明白为什么她总是说花一定会开的，不是因为她种花技术好，而是她会一直种下去。

一年不开就再种一年，十年不开就再种十年，总有一年，花会开的。

今年，花就开了。

哥，你快看，太阳升起来了。

那漫山的映山红，如火连天。

## 无眠

> 赵无眠，我们不曾分开。

关于赵无眠，是要追溯到很久之前的记忆了。

那时，他是大将赵和遗子。狡兔死，走狗烹，赵和因谗言被害含冤而死后，赵无眠便成了罪臣之子。赵家朝不保夕，举全家之力将年幼的赵无眠送到我的府上，求我收留他，哪怕留一条命，做个废人也好，于是罪臣之子和皇帝弃女竟成了朋友。

在尔虞我诈的赵国，我们也有过短暂的年少欢愉。

赵无眠不善言辞，我常教他道理，但其实我也不过只年长他两岁。

我的寝殿偏远，人烟稀少，若非故意提起，几乎没什么人记得这个地方，就像被遗忘的我一样。

因为不受宠，宫女太监们也都不大待见我，他们好吃懒做，甚至妄图骑到我的头上来。我不愿计较这些琐事，只愿平平安安地过完这一生。但赵无眠会计较，若是有宫女不听话，他便一把长剑挥来，将人吓破胆。

自从他来到我的宫苑后，我确实过得轻松了不少。

平日里，他会每日毕恭毕敬地来给我请安，而我在后院练琴的时候，他便在我身边舞剑。

马尾高束，脊背笔直，骄傲坚定，他本该是赵国最有名气的少年将军。

许是地位悬殊，他来找我只叫我公主，从未喊过我一声湘宜。

那夜，春樱纷飞，十五岁的我问赵无眠："阿眠，你长大要做什么？"

赵无眠挑起长剑，剑刃划破花瓣，直指北方："攘夷，安内，让我赵国子民再不受欺辱。"

十三岁的赵无眠，脑子里只有国家和子民。

但倘若他回头，便能看见十五岁的湘宜眼里都是他的模样。

赵元十八年，外族进犯，赵国皇帝欲挑选女子联姻维和。

一时间，宫内上下人心惶惶，都怕这个差事落到自己头上来，我也一样。

但想来也觉得颇为可笑，泱泱大国，成千上万的百姓，数不尽的男儿，可最终却把救国的希望压在一个女人的头上。

他们否定女性的价值，可大难临头时，却又要女性为他们撑起一片天。

世道愚昧，我憎恶这个时代的一切，可我无法反抗，因为从我出生那日起，我便是命定的牺牲品。

大殿上，不受宠的嫔妃和无依靠的公主站成两排，供外族挑选。

我躲在角落，我不想成为联姻的牺牲品。我是自私的，担心别人的同时，却又卑劣地希望别人被选上。

我矛盾、纠结，我只想卑鄙地、贪婪地活下去。

可即便如此，那个外族人还是指着我的脸，操着一口不入流的汉语说道："就要她。"

未等我反应过来，赵无眠的长剑便架到了那个外族人的脖子上："你休想。"

赵无眠眼神凶狠，他听见我姓名时，连剑都在发抖。

朝堂之上，群臣下跪，周围一片死寂，皇帝的脸阴沉得可怖。

外族人轻蔑地笑了:"赵国就是这样对待贵客的吗?"

下一秒,赵无眠的长剑还未来得及割破对方的喉咙,就被御林军按压着跪了下来。

他奋力挣扎,可于事无补,便冲着皇帝大喊:"皇帝,这是您的公主,是赵国的尊严啊!"

十八岁的赵无眠,第一次生出要保护一个人的想法,可他尚且年幼,不懂权衡利弊,他不懂社会封塞,不懂女性悲哀,更不懂皇帝的心思。

所以,他注定留不住我。

临走前,我唱歌作别,那首歌是唱给赵无眠的。

明月几时有

把酒问青天

不知天上宫阙

今夕是何年

…………

唱到下阕时,我看向赵无眠,泪水早已模糊双眼。

转朱阁

低绮户

照无眠

不应有恨

何事长向别时圆

…………

赵无眠,你要记住,不应有恨。

可他还是来了。

翌日,他率领一路骑兵挺进外族阵营。

那天大雪封山,不见天日,雪花一片一片地落下,逐渐覆盖整个山头,这样美的景色,若是从前,赵无眠定是要邀请我一同赏雪的。

可今时不同往日,外族人早知他会来,设伏已久。

那日,我亲眼看着赵无眠闭上双眼。

无论是罪臣之子被杀,还是赵国少将被杀,按照皇帝多疑的性格,他定会第一时间收到消息,可惜赵无眠同我一样,注定是枚弃子,注定无声无息。

此后,没有人会知道那座雪山下埋葬着一队铁骑和一个十八岁的少年,我们的生死也不会有人在意,因为我们注定要

许兰杰，你跑快点

为了赵国的明天献祭，如风似尘，悄无声息。

  但愿人长久

  千里共婵娟

山顶风大，我一跃而下。

赵无眠，我们不曾分开。